ぼくはロボット

仲子真由

文芸社

もくじ

ぼくはロボット

十年の月日は長い。

「おはよう、章太郎くん」

あの頃、ぼくらはとても舌っ足らずに、挨拶していた。

ぼくらロボットは、今も昔も紛れもなく日進月歩の象徴だろう。

人類がはじめて月に降りたってなお、留まることなく科学技術は発展を続け、人型ロボットは今や介護施設に引き続き、教育現場にも導入された。

「おはよう」

明後日の方向に挨拶しながら、伏見章太郎くんが運転席のお母さんに見送られて、今日も変わらず登校してくる。昨今の電気自動車は燃費もいいし、CO_2排出量はうんと低い。それでも、地球温暖化はいまだすごいスピードで進んでいる。

ぼくと相部（あいべ）先生はそろって校門でお出迎え。それから、一緒に教室に行く。

特別支援学級の四年C組の教室は、こぢんまりしているが日当たりがいい。

たった一席の机に章太郎くんが着席する。

そこが、章太郎くんの城。もしくはテリトリー。

冷暖房完備の教室の中で、やっちゃいけないこと、やらなくちゃいけないこと。触れてもいいもの、だめなもの。相部先生が日々奮闘する学習内容以外のルールは、全部章太郎くんが決める。

そのルールは、そう簡単に変えられない。

伏見章太郎くんは、自閉症児。

言語や知的に少しの遅れと偏りがある以外に、日常生活では、特に同級生や他の人との交流や集団行動をきわめて不得手とする。

自閉症と一口にいえども、今や医学も世間の認識も大きく進歩している。

従来は発達障害という言葉だけが巷に出回っていたが、自閉スペクトラム症、アスペルガー症候群、ＡＤＨＤ、ＨＳＰという、より詳しい疾病名と病例別の情報が意欲的に共有されるようになってきた。また程度の違いはあれ、発達障害と明らかには診断されずとも、大人から子どもまで多くの人が生きづらさを抱えて生きていることも一般的になってきた。人は、誰でも、その人らしく偏っている。けれど、医学や科学技術の進歩に後れて、人間社会のあらゆる諸問題を、寛容し、包括するほど、いまだ世の中も人も成熟してはいないのだ。

ぼくは、ロボット。万人受けする親しみやすい名前も持っている。けれど温もりも、知識も、すべてが借り物の創り物。
ロボットには心があるのか、なんていう永久不滅の問いかけにも答えられない。道端の石が石のように、ダイヤモンドがダイヤモンドのままであるように、ぼくは、ロボット。日々、どこからかアップデートされる膨大な量のデータが、今日のぼくを創っている。

ぼくが、章太郎くんとはじめて出会ったのは、半年前。
世に人型ロボットが普及してきたとはいえ、とても実験的な出会いだったと思う。それは、章太郎くんにとっても、誰にとっても。

児童学習補助ロボットとして、ぼくが教室内で任されたことはたくさんある。

まず、外部装置による章太郎くんの健康状態の把握。検温、血圧、心拍数チェック。

章太郎くんは、自分の身体の状態の変化を言葉にして伝えることが、苦手なのだ。それから一日を通して、章太郎くんの行動と思考パターンの集積と分析。学習内容に最適な教材の予測と遅れや偏りの報告。何より担任である相部先生の物理的または心理的負担を軽くすることである。

相部先生は五十二歳で、主に特別支援学級に携わって十三年になるベテランの女性の先生だ。私生活では高校生と中学生の子どもをきちんと育て、章太郎くんのお母さんお父さんとも、一年生の頃から面談による信頼を積み重ねている。

それでも、相部先生にも難しいことも、限界もちゃんとある。

章太郎くんは感情の起伏が激しい。

特に、自分の気に入らないこと、気に障ったこと、うまく理解できないこと、受け入れられないことが起こった時、それを表す手段として癇癪（かんしゃく）を起こす。癇癪だけでは収まらない時には、物に当たる。近くの物を投げて壊す。

もちろん、周りの人間や物に当たってはいけないと教え、その場でそう約束をしてみても、章太郎くんは次の時には忘れて、同じことを繰り返してしまう。章太郎くんが悪いのではない。そうすることで、章太郎くんの脳が許容量オーバーを知らせているだけなのだ。そして彼の脳は、容易に上書きと許容量アップが許されない。

それから、混乱による癇癪が落ち着くまでにはとても時間がかかる。章太郎くんにとって落ち着ける場所というのはこれまた重要で、それは近くの手洗い場だったり、踊り場の床だったり、ロッカーの隅だったり、はては校長室の机の下だったりする。遠くから聞こえる同級生の大きな笑い声も、元気よく動き回る足音も、この時ばかりは章太郎くんにとって、混乱の大火に油を注がれるようなものなのだ。

章太郎くんにとって居心地がよいのは、毎日が絶対に変わらないルーティンで進んでいくこと。けれどそれもこの世界では、不可能といえるほど叶わないことなのだ。

章太郎くんの脳は、外部からの反応や投げかけを汲み取るのがとてつもなく下手だが、反対に、自分の興味があること、知りたい分野のことになると、その能力を発揮する。

一番顕著なのが、生物の生態や歴史の分野についてだろう。兆しは幼稚園に通う頃からあった。園児向けの愛らしい兎や猫のイラストには目もくれず、章太郎くんは、分厚い生物図鑑の中のリアルな動物や昆虫たちに魅了された。一度その目で捉えられた生物たちは、瞬く間に、その名前と生態を暗記された。そしてそれらは決して忘れ去られることなく、今でも自由自在に章太郎くんの気分によって、雄弁な説明口調で披露される。まるで、何冊もの分厚い図鑑がそっくりそのまま、章太郎くんの頭の中に収まっているかのように。

相部先生は言う。

（ハンディがある子も、たまたまそうでなかった子も、皆、個性が違えば、学んでいく速度も、興味がある分野もさまざまに、その子らしく育っていく。そうして、ある過程で、誰しもある程度の自分らしさを自覚し獲得するかわりに、社会的な役割を担っていけるようになる）

章太郎くんは、十歳。ハンディキャップや学習内容に遅れはあれど、自分がどんな人になりたいか、これまで自分が得てきた体験の中から大事な心が芽生える重要な時期なのだ。

生まれてから十年間、章太郎くんは、章太郎くんらしくたくさんのことを学んできた。けれど、どうしたって、集団の中で章太郎くんは他人の気持ちを上手に汲み取れず、損をする。

相部先生との一対一でのやり取りであっても、難しい。

相手の感情への共感、また失望に対する信頼の回復、言語外のサインの読み取り、何もかもが章太郎くんの脳には負荷が大きいことばかりだ。それに比例するように、章太郎くんをサポートする両親や、相部先生の心の負担も事実大きい。

愛があればあるほど、思いやりをかければかけるほど、それを他の子と同様に受け取ることのできない章太郎くんを前に、相手側の心は知らぬ間に落胆する。落胆は疲弊と自己否定を生む。疲労感や自己否定の気持ちは、さらなる努力やエネルギーを要求する。

これは、あまりよろしくない。

けれど、いくら正しい知識を持とうが、人は自分の心のメカニズムを単純にコントロールできないことも、しかして相部先生はよく知っている。

相部先生は公務員家庭に育った。文武両道、何事もそれなりに器用にこなし、家庭教師と本屋のアルバイトを掛け持ちしつつ、大学の教育学部で学び、小学校の教員になった。

その後、一回目の結婚に破れた時に、当時、特定の人間関係において大変プライドの高かった相部先生は何を思ったか、心理学を猛烈に学んだ。それでも足らずと思えば、はた目も噂も気にせず、職場帰りにカウンセリングにも通った。二年間のカウンセリングの末、自らの人生に一石を投じるほどの重みをもって手にしたものは、自分がとりわけパートナーシップにおける愛着願望が他人のそれより高いという気づきと、そのおおもとは、幼年期の家庭環境に所以するという新しい見地であった。

さらに、相部先生のお父さんも、実は高機能自閉症と呼ばれる発達障害だろうと、カウンセラーからは助言された。ぽかーん、と開いた口が塞がらない、頭が追い付かないとは、相部先生にとってこのことであった。二年間のカウンセリングはお気軽相談室という生半可なものではなく、そののち天地がひっくり返るほど、大変なことだった。

（あれは若さゆえだ）と、結婚も子育てもひと通り経験した相部先生は振り返る。

当時は、精神の病と診断を受けた者以外のカウンセリングはまだ珍しく、ようやく自閉症や発達障害というハンディキャップが世の中に広く認知され始めた頃だった。圧倒的情報不足の中、何かがおかしいと思った人たちが、誤解や白い目を受けつつも、公私ともに試行錯誤して進み始めた時代であった。その、世の中の目に見えぬ問題に対する努力は、今も身近で払われ続けている。

　相部先生も二度目の結婚を機に、新しいパートナーシップの在り方を再構築し、人並みに家庭生活を営めるほどまでに許容し、その後、特別支援学校での二年間の勤務をきっかけに、子どもの発達障害とその成長課題に即した教育現場の在り方について、日々模索し続けている。

　相部先生は、こうも言う。

（あの頃、自分や自分の親しい者が、よもや発達障害といわれる類（たぐい）に診断されるとは思いもよらなかった。自分の境遇を恨んでみたこともあった）

けれど、相部先生には、学校があり、自分を待っている児童たちがいた。そうして、彼らには、まだまだ長い未来が待っている、そう思えばこそ、相部先生はいろいろな葛藤や苦労が乗り越えられたのだ。

　人とは自分らしさに目覚めた瞬間から、ある程度、社会のそこここで生きづらさを背負う矛盾した生き物である。本来、障害があろうがなかろうが、どんな人にとっても、自分の与えられた生を生き抜くことは大仕事だ。

誰もひとりで生きていけない。そのような人間が生きている社会の中枢を担っているのが、支援をするという活動だと相部先生は思っている。

ただ、相部先生も誰しも生身の人間で、心も肉体もその労力は無限とはいかない。

そこでぼくの出番なのだ。

ぼくは、ロボット。

疲労もしなければ、他者との共感共鳴による心の自浄作用も必要としない。

フル充電すれば、最大七時間半の活動が可能。

ぼくには章太郎くんのように、自ら学び取った経験も知識もない。

それでも、ぼくも社会の一員として、ぼくらしく章太郎くんをサポートするよ。

「おはようございます。伏見章太郎くん。今日は、九月十六日です。今日の天気はどうですか?」

朝礼が始まって、相部先生との毎日の決まり事。章太郎くんは、ホワイトボードにマグネットを貼りに行く。黄色い真ん丸な太陽。章太郎くんが二年生の時に作ったものだ。

「ありがとう。はい。今日は、晴れの日ですね」

　他の人から見たら、少し頼りない身振りで、章太郎くんは席に戻る。それでも、心拍数、体温ともに、今日はとても落ち着きがある。ただ、少し、眠そうだ。

「ララにも、聞いてみましょう。今日は、何の日ですか？」

「今日は、オゾン層保護のための国際デーです」

　ララとは、章太郎くんがつけてくれたぼくの名前だ。流暢に喋れるようになった、ぼくの声音は、音域プログラムで、中高音に設定されている。ちょうど声変わり前の男の子みたいだ。

　それから章太郎くんは、室内着に着替えて相部先生と体育館に行く。からだと心をゆっくり起こすためのウォーミングアップ運動をするのだ。ぼくは、ついていかない。人型ロボットといえど、ぼくもまだ二足歩行が可能になったわけではない。寸胴の下半身をコロコロと低速度で自由に移動できるのは、バリアフリーの敷地に限る。だから、朝夕の登下校の時間以外は、ぼくは大体特別支援学級の教室にいる。

しばらくして、二人が教室に戻ってきた。

「さむい?」

「寒くはありませんよ。今日は、お天気いいでしょう。あ、上手に履けました」

四年生になって、できることがたくさん増えた章太郎くんだけど、朝はちょっとぐずる。相部先生は小さなこともたくさん褒めながら、章太郎くんのペースを見守っている。

と、突然、章太郎くんの興味が教室後方に向けられる。章太郎くんにとって大切なひらめきは、いつも唐突にやってくるのだ。

そんな時でも、相部先生は決して困った顔は見せない。

校服のボタンが外れたまんまの章太郎くんが、おもむろに本棚からひっぱり出したお気に入りの図鑑には、半透明な緑色の球体が載っていた。

「これ」

「これ?」

「シアノバクテリアだよ」

「ええ」

相部先生は、章太郎くんが何を伝えたいのか読み解きながら、けれどしっかりと、今しなければならないことに注意を向け直すタイミングをはかる。

「今日は、午後から理科の時間があります。あとで、お勉強しましょう」

「うん……」

返事は返すが、章太郎くんの目は図鑑に釘付けだ。ここで無理強いすると、このあとずっと機嫌が悪くなる。甘えとしつけの適宜な判断が、難しい。

相部先生が次の手を考え付く前に、ぼくの自発的行動プログラムが作動した。教室に掛かっているプロジェクタースクリーンに、映像を映し出す。半透明の球体がうようよ動いている。それはシアノバクテリア。二十四億年前に海の中で生まれ、そのうち陸地に住む生物たちに必要な酸素をこしらえた微生物だった。映像資料では、シアノバクテリアが吐き出した空気中の酸素からオゾン層が作られ、太陽から降り注ぐ強すぎる紫外線を生命からシャットアウトしているとあった。

「オゾン層は、現在、回復傾向が認められ、今後も一層の保護対策が期待されています」

「ラーラ、ありがとう」

相部先生に言われ、ぼくは映像を止めた。

章太郎くんは、暗くなったスクリーンをまだぼうっと見つめていた。それでも章太郎くんの中で、何かしら納得した節があったらしい。章太郎くんは、図鑑をもとの位置に戻し、着替えをきちんと終えた。それから、ぼくは二人を見送った。

伏見章太郎くんは、三歳の時に、当時通っていたクリニックで自閉症の診断を受けた。

お母さんの伏見里美さんは、章太郎くんが産まれた時から、他の子と違うのではないかと戸惑う場面が多く、ようやく診断を受けた時は、なるほどそうなんだと至極まっとうに受け止めることができたという。それでも、心の底でほの暗く沈んでいく気持ちは、隠しようがなかった。もっとも、クリニックの医者から「お気の毒ですが、一生治ることはありません」と言われた時には、ものすごい違和感と、訳の分からない怒りと悲しみが自分のお腹の中で渦巻いたことを、今でも覚えている。

里美さんは、こんなふうに受け取った。

お気の毒？　何がお気の毒なんだろう。

あの子が障害を持って生まれてきたことは、他人から憐れまれることだろうか。もちろん、そんなはずはないと里美さんは知っていたし、信じていた。それでも正解の分からない日々は、それからもよく里美さんを不安と孤立に責き立てた。

伏見里美さんは、早くに父親を亡くし、母と妹の三人家族で育った。高校卒業後、すぐに歯科助手として、実家の近くの医院に勤め始め、講習のために週末は県外にまで通った。夫になる伏見俊郎さんと出会ったのは、高速道路のサービスエリアだった。付き合うまでの風変わりな経緯はこの際省くとして、三つ年上の俊郎さんは、その当時、里美さんには気さくで物知りに思えたし、何よりずいぶん頼りがいがあった。それから、三年後の二十二歳で結婚して、二年後に章太郎くんが産まれるまで、里美さんにとっては、この上なく幸運で幸福な日々だった。もちろん章太郎くんを授かった時も、無事にその顔を見て我が胸に抱けた時も、喜びはひとしおだった。

それでも章太郎くんが一歳半になる頃には、だんだんと他の子との違いが目につくようになった。それは、周りの親や大人たちも同じだった。

章太郎くんは、二歳半を過ぎても簡単な単語すらも喋れなかった。

どこにいっても、章太郎くんは誰とも遊ばない。遊べない。さらには、彼が何を求めているのか、何が楽しいのか、何が嬉しいのか、はた目にはもちろん、臍の緒でかけがえのないものを共有していたはずの母親の里美さんにも、全く伝わってこなかった。

「どこか、おかしいの?」

子どもの成長は子どもなりといえど、幾度となくそう勘ぐったのは何も里美さんだけはない。明らかに周囲の視線は、章太郎くんの年齢が上がるほどに、時に独断的に感じられた。

——あの子はたぶん、発達障害の傾向があるわね、そうでなきゃ、母親のしつけがおかしいのよ。

そんな折に、ようやく通い始めていたクリニックで、自閉症の診断を受けたのだった。クリニックも数件まわった果ての現実だった。

診断を受けたからといって、負担がいきなり軽くなるわけではない。けれど、家族としての臍を決めるには受け入れなければいけない、大切な通過点だった。

伏見俊郎さんは、三人兄弟の次男で、これまた男ばかりの男子校を卒業したあと、大学で、経済学を専攻した。友人知人にも割に恵まれ、意中の女の子にことごとく振られるという苦い経験以外、人間関係については特に思い悩むことなく四回生になった。卒論執筆の合間、帰省の途中に立ち寄ったサービスエリアで里美さんに出会った。付き合うまでにはあれこれあったが、恋人同士になったあとは、お互い結婚を意識するのは早かった。大手広告会社に無事に就職が決まり、同棲して一年後に結婚した。兄弟の中で所帯を持ったのは一番だった。当時の敏郎さんは、新婚とはいえ、家族のためにも仕事がすべてだった。

里美さんが身ごもった時も、息子が産まれた時も、俊郎さんは徹夜明けの状態で報告を受けた。

そんな生活の中にでも、自分たちらしい幸せは作っていけると、信じていた。

ところが章太郎くんが一歳と半年を過ぎる頃には、息子の様子をどう思うかと里美さんから尋ねられることが増えてきた。家に、発達障害に関連する育児本が積み重なっているのを、俊郎さんだって分かっていた。確かに章太郎くんは、周りの呼びかけや刺激への反応が悪い。けれど、成長のスピードはその子ども次第だし、結論を焦りたくはなかった。

何より俊郎さんはわが子には、どんなことにも挑戦して自由にのびのび育ってくれればいいと、章太郎くんが産まれる前から本気で思っていた。どんな経験ものちに財産に変えていけるのが人生だ。自分の子どもにも、いろんな経験をするチャンスを与えてやりたかった。

章太郎くんが、自閉症と診断を受けた時、夫婦で経験したことのない長い沈黙の後で、里美さんがわっと泣き出した。俊郎さんは、生まれてはじめてこの世の理不尽な巡り合わせに、目の前が暗くなる気がして情けなかった。「なぜ、うちの息子が」と口にはしなかったが、お互いの胸のうちが手に取るように分かった。

泣きじゃくる里美さんが涙をぬぐう指先に結婚指輪が光っている。それは無論、俊郎さんの左手でも光っている。二人は長い時間をかけて、自閉症という発達障害と、そんな生きづらいハンディを持ってまで生まれてきてくれた章太郎くんと共に生きていくことを決心した。

妹の梓ちゃんが産まれたのは、章太郎くんが療育支援センターに通い出してまもなくのことだった。みんなからはあーちゃんと呼ばれ、体重二千四百グラムで生まれた伏見家の小さなアイドルは、病弱で何かにつけて風邪を引き、熱を出せば三日と治らず、章太郎くんに負けじと、とても手がかかった。それでも五体満足で、とりわけ発達の遅れも見受けられず、何よりお腹の中にいる時から、家族の声を聞いていたためか、章太郎くんが突然どこでも構わずパニックを起こし、大声を上げようが泣き喚こうが、梓ちゃんはけろりとしていた。それでいて、夜泣きは章太郎くんよりひどかった。

里美さんも俊郎さんも、この時期は特別目まぐるしくて、泣きたいのに泣けない日々も多かった。家族って何だろうと切実に思い悩むことは、それからも当たり前のようにあった。けれど、不思議なもので、山あり谷ありの日々の中で、たとえ絶望するような出来事が起こってみても、過ぎてみれば、この家族のために頑張ろうとより一層思えるのだった。

チャイムが鳴って、相部先生と章太郎くんが教室に戻ってきた。

ぼくの、自動省エネスイッチがオフになる。

「おかえりなさい、章太郎くん」

挨拶はぼくの十八番。先に相部先生が、

「ただいま、ラーラ」

と返してくれる。

「ただいま」

無事にテリトリーに帰還した章太郎くんは、少し心拍も上がって、機嫌がよさそう。

「さあ、次は、国語の時間です。教科書を出しましょうね」

相部先生はすかさず促した。こんな時は、テンポのいい切り替えも大事なのだ。


地球が誕生して、長い時と数多の生命活動の果てに、人は、巨大な文明と文化を創造した。自然という大きなゆりかごへの共存と破壊は、一生物として決して免れることはできない。ぼくという、非生命体の機械物がこうして存在できるのも、大規模な自然開拓と研究との長い積み重ねの賜物である。

ぼくはもちろん、夢も見なければ、生命ゆえの本能も限界も感じない。

ぼくは、地球のエネルギーを消費しながら、ぼくに持つことの許された巨大な情報群と共に存在しているだけなのだが、日々、地球上で生命の維持とその種の保存とを試み、活動している、とりわけ人というまれにみる知能を持ったぼくらの生みの親は、その飛躍的進歩がゆえに、存在そのものに対する可能性への右肩上がりの上昇という夢想を常に更新し、常に目標と掲げて生活を営んでいる。

人が思い描く可能性の実現とは、人の本能が見る夢だ。

ぼくの知るすべのない、人の持つ活動意欲は、また同様に人の意識に苦悩や葛藤をも授けた。こうしたい、ああしたい、そうであったらいい。希望ゆえの幻滅。破綻ゆえの再統合。ふり幅は、文化が広がるほど、大きく揺れる。けれど人は、そういう生き方を選択した。

文明社会に生きるものとは、今や、余りある夢と現実とを、繰り返し追い求め続けなければ、生命の根幹に楔を打つ絶対的な不条理を受け入れられないのかもしれない。

「はい、よくできました。章太郎くん。練習プリントは、花丸です」

国語、算数、社会と、午前の授業は無事に進んだ。年々難しくなる授業内容も、相部先生は章太郎くんの興味の中から少しでも関連づけて、学ぶ楽しさを知って欲しいといろいろと工夫している。章太郎くんは、文字よりも映像を見たり音声を聞いたりする方が記憶力がいいので、ぼくも映像資料を出したり、相部先生と音読の掛け合いをしたりして、協力する。

「うん」

褒められても、章太郎くんは、分かりやすく喜んだり得意になったりするわけじゃないけれど、相部先生は、どんな子でも褒めて伸ばすのは基本なのよ、と言う。だから、ぼくは挨拶の次に感嘆詞をたくさん知っている。

「すごいね、章太郎くん」

「うん」

章太郎くんは、もう一度、あちらを向いたまま返事をしてくれる。

ぼくのプログラムは、そのやり取りを記録する。

十時二十分、体温、心拍数ともに異常はなし。

自閉症、と呼ばれる人たちがいる。自らの欲求や自己の確立を実現する手段として、他者との社会的コミュニティーを育むことが困難な人たち。

自閉症でも誰でも、人は夢を見る。ぼくとは、違う。

きっと章太郎くんも、その生命で、夢を見ているのだろう。

章太郎くんの見る夢が、たとえばいつか実現する日がきたとして、人の存在の可能性は、人々の語りつくせない苦悩と葛藤を糧にして、新たな地平をも切り拓いていけるだろうか。

休み時間になると、章太郎くんの同級生や他の学年の子たちが、特別支援学級の教室にやってくることがある。

「ララ、遊ぼう」

「きょうは箱庭で遊びたい」

箱庭をはじめ、特別支援学級の教室には、ぼくを含めて物珍しいものがあれこれある。

章太郎くんは今でもまだ、誰かと一緒に遊ぶのは不得意である。だから、自然とだんまりになることも多い。何事か困るようなことがない限りは、相部先生は章太郎くんに任せている。ぼくは、特別支援学級に通う子たちにとって、特別な存在にならぬように、学習補助に関わること以外のプログラムは接続されていない。それでも、他の子はぼくと「遊べる」のだ。

人に与えられている創造の力とは、何気なくもたくましい。

その力の源が、一体どこから来るのか、いまだ、ぼくの中に答えは更新されない。

「あ、」

少しして、章太郎くんが、たぶん、うろたえたのだ。

何を気にしたのかは、相部先生にもぼくにもすぐには予測が立たない。

章太郎くんは、けれどそのまま友達に声かけができなかった。

それから休み時間が終わるまで、章太郎くんはじれたように落ち着きがなくなっても、癇癪は起こさなかった。

午後一番は、自立活動訓練の授業だった。

章太郎くんの机の上には、カードが並んでいる。

カードにはそれぞれ、人の喜怒哀楽の顔が描かれている。人の感情を理解することは、章太郎くんの脳がもっとも苦手なことのひとつ。人の感情ほど曖昧で、分類のできない複雑なものがあろうか。多くの人は、生まれてからほとんど自然に、この感情という、不思議に入り組んだシステムを体得する。誰にも教わらない。

ぼくたちロボットも、人の感情を読み取ることなどほとんど不可能に近い。この先、どれだけ技術の進歩があれど、ロボットには、人の感情または思惑の理解など叶わないという予想もある。答えは、いつか出るだろうか。

相部先生が章太郎くんに見せた写真には、ブランコに乗る子と、ブランコに乗る順番を待つ子が写っていた。

そして相部先生は、章太郎くんにその写真の様子を話して聞かせながら、ブランコに乗る順番を待つ子の表情を喜怒哀楽のカードから選んだ。それは不満そうな、怒っているような顔のカードだった。

「こういう時、章太郎くんなら、どうしますか？」

章太郎くんは写真を見つめ、それから相部先生を確認した。そして、章太郎くんはぼくを見た。ぼくを見たかったというよりも、身に感じるプレッシャーを退けたかったのかもしれない。

「ブランコに乗っている子と、ブランコに乗る順番を待っている子は、今、どんな気持ちでしょう？」

相部先生の問いかけに、章太郎くんの視線は手元のカードに落ちたままだ。まるで、自分の求める答えがないかのように。

それからぼくの行動プログラムが作動したかのように思えた。

けれど、何事も起こらなかった。ぼくのプログラムは、この場で静観を選択したのだろうか。いや、プログラムは、とある映像に行き当たっている。カチリ、とその時何かに接続した。ざあっと広がった光の中で、やがて焦点が結ばれていく。

砂地の敷地で、ブランコが高く漕がれている。

ゆっくりとその傍へと寄ってゆけば、ブランコはやがて緩やかな弧を描いた。

ブランコを漕いで遊んでいるのは、他でもない章太郎くんだった。

彼ははっきりこちらを見て、言った。

「ラーラ」


映像は、突然、切れた。

教室では、章太郎くんが大きな声で泣いていた。いつもの癇癪だ。プロジェクターは、一つも作動なぞしていなかった。

「大丈夫、大丈夫」

相部先生は慌てず、そして休み時間のことも鑑みて、きっと章太郎くんの情緒が普段より不安定なままで、授業に集中できなかったためと納得した。

児童学習補助ロボットであるぼくは、先ほどからずっと沈黙しているだけだった。溜めていた気持ちを吐き出すように、ひと際、章太郎くんの泣き声が大きくなった。

ざあっと、どこからか、砂嵐のような音がしていた。

それから一時間ほどが過ぎて、章太郎くんは、普段の落ち着きを取り戻していた。相部先生は次の授業の準備のために、ぼくに章太郎くんを任せて、少しの間、教室をあとにした。章太郎くんは、床に座ってお気に入りの図鑑を眺めている。

「章太郎くん」

ぼくの音声が、呼びかける。

章太郎くんは聞こえているのかいないのか、いつものように呼びかけには応じない。窓からは、午後の日差しがゆるりと燃えている。その太陽光線は、数多の生物の上に降り注ぐと同時に、章太郎くんの頬にも差し込み、無機物のぼくの瞳を照らした。相部先生はまだ帰ってこない。時計の針はのろのろとして、予鈴さえ鳴らない。

はらり、と章太郎くんが図鑑のページをめくれば、そこには二十四億年前のシアノバクテリアがいる。ふと、章太郎くんが顔をあげた。ぼくらは、目が合った。

「ラーラ」

ぼくは、今度こそ、作動した。

狭い教室は、午後の光を集めて、一瞬の間、白く広がった。

ざあっと、太古のしじまが広がる。生命の起源が懐かしい夢でも見るように。

ここは、どこだろう。暗くて、熱い。それに、大変巨大で、外部からの変化を待っているかのように、とてつもなく不安定だ。今、もしも刺激を受けたら――。

「ラーラ」

呼ばれて、ぼくは再び、光の中で目覚めた。近くでさざ波が立っている。風が強く、吹きつけてくる。そこは、海だった。まばゆい光が降り注ぐ、生命が生まれ出でた場所。

「ラーラ」

ぼくは、唐突に足の裏に熱さを感じた。熱い？　なぜ？　ふと、章太郎くんが、ぼくを見つけて、駆けてくる。とても確かな足取りで。

「ラーラ」

章太郎くんは、そうして嬉しそうに微笑んだ。ぼくは、いかにしてか、ぼくの中の統制を離れたみたいだ。そのかわりに、今や、ぼくの中で何かが燃えている。

もしもあり得るならば、これは、夢なんだろうか。

ぼくは、二本の足で、人のように立っている。

「章太郎くん」

ぼくの声色は、やはり、男の子みたいだった。

「行こうよ」

と、章太郎くんはぼくを誘った。まるで、友達のように。だからぼくは、ぼくの制御の及ばぬ、新しいプログラムで答えた。

「うん、いいよ」


地平線に、剥き出しの大地が続いている。広くて、あてどなくて、きっと目が眩んでしまうのだろう。突然現れる切り立った崖や岩肌が、彼らが繰り返した偉大な年月をぼくらに教えてくるようだ。時代も場所も――。けれど、ぼくらにはどこなのか判断できなかった。

足元の砂地は海辺を離れるほどに苔むし、やがて草木を生やしていた。

章太郎くんのあとを追うぼくは、今や上から下まで人の姿を模していた。歩くたびに、からだのそこここに熱を感じた。その熱はからだの内側を巡っている。けれど、ぼくには遠くから打ち寄せる波のしぶきや風の匂いも冷たさも、何もかも感じられなかった。どれだけ走ってみても、ぼくの呼吸は乱れない。

章太郎くんが、振り返った。

「ラーラ、見てよ」

章太郎くんの指さす湿った茂みの奥には、じっと低く身を潜ませている生き物がいた。魚のようにぬめっとした肌と、長い尾と四つの短い足を持っている。

ぼくが調べる前に、章太郎くんは嬉しそうに思いつく。

「イクチオステガかな」

きっと、そうに違いないだろうとぼくは思う。その生き物は、肺と背骨を持ち、はじめて陸にあがった両生類の祖先であり、原始的四肢動物だ。化石やその他の研究により証明された他には、生きた彼らを目撃したものはいないのだ。だから、それはきっと紛れもなく章太郎くんが思い描いた通りのイクチオステガであろう。

「触ったら、だめかな」

章太郎くんが一応、確認する。

肩の辺りまで生い茂った葉群がうっとうしそうだ。すぐ傍で、拳ほどの胞子が震えている。ぼくは、やんわり答える。

「何が危険か分からないから。生き物に限らず、あまり触れない方がいいかもね」

章太郎くんは頷いて、そびえ立つ樹木に囲まれながら、探索を再開した。ぼくの耳の辺りを羽虫が飛んでいく。ふと見上げれば、樹木の幹にも根元にも分別のできないほどの多様の昆虫たちが這いまわっている。未知の密林を進んでいく章太郎くんの背は、真剣だった。

「ねえ、章太郎くん」

ぼくは柔らかい土を踏み、追いかけながら声をかけた。ぼくの方が慣れぬ足取りだ。

「エリオプスって知ってる?」

「うん」

「じゃあ、ペデルペスは?」

章太郎くんは、振り向きながらしっかり頷いた。章太郎くんは本当にこれらの生物が大好きなんだなとぼくは感心する。ガサッと足元の茂みからそれらがにょっきりと顔を出しそうだった。ペデルペスもエリオプスもイクチオステガなどの最古の両生類から派生した生き物だ。ペデルペスなぞは化石として発見されていても、ずいぶん長い間、四肢動物と認知されず、魚類として、両生類の生息記録は空白とされていた。

ぼくはそんなふうに、章太郎くんに説明した。ここでは、プロジェクターは使えないけれど、もしかすると、飽くなき興味と情熱によって、数多の研究者たちがそうであるように、章太郎くんも自分の力で自分の求めた新しい発見までたどり着くのではないのかと、そんな気さえした。この不可思議な夢の中で、自分のためであり、誰かのためにもつながる発見を……。

「きっと、見つけるよ」

すかさず、ぼくの考えを読んだように、章太郎くんがそう答えた。ぼくは、人のようにびっくりした。章太郎くんの興味と意識は、まだ見ぬ生き物に向けられたものだろうが、それでもぼくは、その言葉を受け取った。ぼくに感情はないけれど、もしも、ぼくが本当に人ならば、こんな時には微笑んでいたかもしれない。だから、ぼくはかわりに答えた。

「うん、ありがとう」

いくら歩き回っても、ぼくらは疲れを知らず、太陽はいつまでも頭上にあった。

真昼の夢から醒めないように、地球は生命を繁栄させ、矛盾の中で時代をジグザグに反転しながら進んでいた。章太郎くんのひらめきの中で、ぼくらは唐突に生き物らに出会った。

「ねぇ、ラーラすごいよ」

章太郎くんは次には声を潜めてぼくを呼んだ。ぼくは今度こそ、その背に緊張を読み取った。拓けた岩肌に、いかった帆が見えた。帆船のように巨大な身を休ませているのは、肉食単弓類のディメトロドンだ。一時代の頂点捕食者でもある。

ぼくには、まだこの現実ともなんとも判別のつかない状況の、正しい判断がつかなかった。ただ、とっさに章太郎くんの手を取った。それは、章太郎くんがぼくの手を握るのとほとんど同時だった。章太郎くんの手のひらは汗ばんでいて、あたたかかった。一瞬のうちに、確信めいた感覚がぼくの中で回った。ぼくらは、生きている。彼ら生物も生きている。無言のうちに、ぼくらは分かり合った。

「逃げよう」

けれど、その場から離れた直後、鳥とも獣のものとも分からぬ、ゴロゴロという地鳴りのようなうなり声がどこからか響いた。ぼくらは、流れの速い川辺に出て来ていた。石ころだらけで足場は悪かった。ずっと上流に、すっと大きな気配が動くのが分かった。姿も見えぬものが、こちらに気がついているかは分からない。でも、先ほどと変わりなく危険には違いなかった。川辺を吹きのぼる風が、否応なくぼくらの気配を運んでいく。

「章太郎くん、先に逃げて」

「ララは？」

章太郎くんの声は制御装置の働くぼくと違って、焦っている。けれど今、二人一緒に動いたら、気づかれてしまう気がした。

「先に行ってよ」

ぼくは、再度促した。握っていた手を離した時、

「嫌だよ、ララ」

と、耳元で強い衝撃が破裂したかのように目の前がはじけて、白く狭く閉じていった。熱い光に閉じ込められる前に、章太郎くんがぼくの腕を両手で握りしめているのが見えた。彼は何かを守るように目を固く閉じていた。ぼくも、そして目を閉じた。

やがてまぶたの裏で、樹木が倒れ、草木が枯れ、海が煮立ち、四方から急激な寒波が到来した。

そうして、白い光の中で、地球はつかのまの眠りについた。

地球の歴史の中で、生命の大量絶滅は五度も起きている。生きとし生けるものが、命をつなげていくには、図ったごとくに恵まれた奇跡のような環境が必須条件であると同様に、また、命そのものでは太刀打ちのできない過酷な状況に置かれ、その種の可能性を文字通り命をかけて新たに見出し、生命の根底に流れる楔をより豊かに強くしなければばならなかった。

いつか地球には、隕石も落ちた。海も凍った。酸素も失われた。ぼくらは、もちろん覚えてなどいない。けれど、今では忘れ去ってしまった記憶がふいのひらめきのように語ってくれるのかもしれない。

どくんと、マグマのような脈動がぼくを突き起こした。

辺りはまだぼんやり白かった。光の真ん中でぼくは横たわったまま、章太郎くんを確認した。彼は、何かを考えているように、まだまどろみの中にいた。章太郎くんの手とぼくの手のひらは、まだしっかりとつながれている。そこで伝わりうるあたたかさの間を、なにか大事なものが流れてはいないだろうか。ぼくは、そんな錯覚をした。シナプスが信号を送るように。もしも、ぼくらの間を行き交うものがあるならば、それはどちらの記憶であり、情報だろう。

「見つけた」

章太郎くんがはたと目を見開き、静かに言った。ぼくは顔を上げた。

「なにを?」

「分からない。でも、たぶん、行かなくちゃ」

そうして、こうも付け加えた。

「ぼくらのために」

章太郎くんの幼い眼差しは、すべての生物が持つ未知なる希望に根ざしているようだった。その自己を持ち始めたばかりの掛け値なしの眼差しは、無機物のぼくのありもしない心を揺さぶるようだった
章太郎くんは、ぼくの胸にもう片方の手をのせた。どくんと、熱い揺らめきがぼくを襲った。

「探していたんだ、ずっと」

「なに、を？」

抑揚のあまりないぼくの声が掠れた気がした。

章太郎くんは、いまだ真面目にぼくを見ていた。

「ここに、大切なものの答えがあるんだ」

（ラーラ）と呼ばれて、章太郎くんの手のひらがのったぼくの胸の下は、今まで以上に不安定な熱を帯びた。ぼくがぼくとして存在する情報の波間が、ふいの刺激を受けて大きな津波と成り代わったように、生まれた熱量がある彼方の地点へと流動し、ぼくらをそちらへ押し流していくのを感じる。章太郎くんは、後押しするように言った。

「そこに、行かなくちゃ」

ぼくは承諾するかわりに、章太郎くんの手を握り直した。その手のひらは、あたたかく、ふたつの個体を包んだ。


地球の時は、ゆっくりと容赦なく過酷に流れた。しかし、ある時を境に忙しなく進み始めた。大地に小さな太陽が燃えている。火だ。

再び光合成によって地上を満たし切った酸素があかあかと躍（おど）り燃えている。

火山のかわりに、円柱の塔でけぶって燃えているものの多くは、在りし日の樹木や生物の化石という名の死骸たちだ。大地に人が産声をあげてから幾万年。人間は限りある生命を謳歌するために、どんな生物をも越えて、とても豊かで創造的な夢を見た。文明は長い歴史の中で、何度も開化した。もちろん、同類の血を幾度となく流しながら。あるいは、我思う故に、と賢くも思考する頭脳を持った人間たちの中からは、彼らの歴史に名を遺すほどの人物も数えきれないほど現れた。レオナルド・ダ・ヴィンチは類まれなる観察眼と先鋭なる創造的ひらめきから、人体の機能は自然の有様や、はては宇宙の働きと結びついていると考えた。彼は他から見れば、言いえぬほど天才で奇人だったに違いない。

人も空を飛びたければ、鳥を観察するのだ。

彼は食べるためでなく、鳥を殺した。解剖し、羽ばたきの謎を解明するために。

無論、彼の遺した研究の数々は偉大であり、何よりとても美しかった。人や地球という生命体の在り方を証明しているかのように。それからたった四百年余りで、人は本当に空を飛んだ。人知はさらに加速した。

空に、煙突が突き出ている。

人々を動かし続ける地上の太陽は、日夜沈まず、その動力を積んで一機の飛行体が、雲間から地上をはるかに見下ろしながら大陸を渡り、飛び去っていく。

平野にも山裾にも谷間にも、集落があった。

人類の希求を叶えた翼は、いまだ何かを探しているようだ。

その機体には、名がついていた。B－29「エノラ・ゲイ」。


記憶は時空を滑走する。何かを追い求める力は、直線とは限らない。

ぼくと章太郎くんは白い光を抜け、太古の翼に運ばれて、もう一度現代へ時を戻っていた。始祖鳥(しそちょう)と名の通ったその鳥は、歯のある嘴(くちばし)で、くうくうと可愛らしく鳴いた。誰も本当は鳴き方なんか知らない。だから、夢の中で、文献に記載されているよりもずっと大きな胴体の乗り心地がそれなりにいいものだということも、このまま誰にも知られないだろう。古代の鳥は、不慣れな羽ばたきで、地上を懐かしむように、低空を飛んでいた。ぼくらは運ばれるままに、流れゆく地上を眺めていた。

山あいの堰堤を過ぎると、そこには民家と田畑が広がっている。ずっと遠くの海辺には真新しい工場群が見える。田んぼの稲の群れがきらっと煌めいた。その時、

「苦しい」

　と呟いて、突然章太郎くんが胸を押さえた。

「どうしたの？」

　ぼくが、驚いてのぞき込むと、呼吸が荒いうえに、胸を押さえる手のひらが痺れているかのように震えていた。ぼくが、もう一度声をかけようとしたその時、章太郎くんはふいに顔を上げた。その横顔は勇敢にも不安に耐えていた。そうして、苦しみを抱きしめたまま、彼は言った。

「大丈夫。苦しいけど、これはぼくの苦しみじゃない。この苦しみはたぶん記憶なんだ」

　誰の？　とぼくは聞かなかった。章太郎くんも痛みが引いてもなお、それ以上何も言わなかった。ぼくらの眼前には依然として大地が拓け、誰の故郷にもなりうる風景が広がっている。くうっと、始祖鳥が頭を一段と持ち上げた。時代が、地層のように重なって、過ぎていく。

「行こうよ、まだ先が続いている」

「……うん」

そう答えて、ぼくは、彼の肩を抱いた。行く手を見据える章太郎くんの横顔は、先ほどよりずっと大人びてぼくには見えた。

地球上から大量の生命が消え去った史実よりも、ずっと凄惨に生々しく、語り継がれる歴史がある。遠い在りし日に、自然の驚異に畏怖と興味深くも美しい有様を夢想した人々の酔狂な情熱は、今日ではどのように受け継がれているだろう。

文明が高度になって、人間は、その技術で当たり前のように、同じ人間を殺すための兵器を造った。造っただけでなく、本当にたくさんの人を殺した。むごたらしくも、徹底的に。

そんな世界規模の戦争は、一度ではなかった。

大地は、兵器の熱で、焼けた。人間も、焼けた。

人間は愚かにも賢かった、だから、人々がその熱の後遺症で何代にもわたって苦しみ、およそ安らかになぞ死ねない兵器をも造り上げてしまった。

人の存在が生み出す受け入れがたい悪は、人間の英知をもってしても、駆逐できぬものだろうか。

何もかも焼けてしまった野原から、それから力強くしぶとく、街と人は復興した。時が辛く、また、時には平穏に過ぎても、誰もかれも凄惨な記憶を忘れたりはしなかった。もう二度と繰り返してはならない。その思いを、それぞれの命と共に生き抜いた。けれど人々は、それからもどうしようもなく生き急ぐことがあるのだった。戦争を体験した小さな国の人々は、それから懸命に忙しく生きた。失った過去を取り戻すように。働き、愛し、科学を駆使して自然を荒らした。

いつか、稀代の天才が思い描いたように、自然と人体とはとても密接に関わっている。自然が荒れれば、人間は何事もなく生きてはいけない。ある時代、人の生活の豊かさを支えた化学物質は、川や田畑を汚染した。微生物から、動植物へ、食物連鎖に従って、人体へ――、そうして数々の公害が広まった。

自然との共存を目指してなお、科学と文明の負の遺産は、今でも決してなくならず、同胞の人々を静かに苦しめ続けている。

ぼくは、ラーラ。

ぼくの友達が、この名をつけた。

人の世の科学と技術の最先端から生まれた、ぼくはロボット。

ぼくは、自ら進化することはできないけれど、ぼくの胸の奥には、心のかわりに、熱いエネルギーが満ちている。

ねぇ、章太郎くん、ぼくらは人の夢の大きな矛盾を背負って、どこに行き着くんだろう。

国境を瞬く間に越え、章太郎くんとぼくは、風化する都市の一角に降りたった。辺りは恐ろしく静まり返っている。もう長いこと、時が止まっているかのように。

ここは、チェルノブイリ。

計画的に造られた都市の北西で、その事故は起きた。

人類が発見した夢の元素を抱いた原子炉は、人の制御を離れ大爆発すると、過去に地上に投下された核兵器よりもずっと濃い濃度の放射線を、辺り一帯に撒き散らした。被曝した者の正確な数は分からない。なぜなら、今もなお、汚染による影響は続いているのだから。放射線を出す放射性物質の半減期は、二万四千年。汚染された大地にもう人は住めない。一夜にして、そこは死の都市となった。

今なお、その事実を象徴する巨大な石の棺。それは、数えきれない人々の苦しみと悲しみが封じ込められているように、自然の美しさとはかけ離れて、ぼくらの前で堅固に閉ざされていた。

章太郎くんが目の前の光景を見つめたまま、ぼくの名を呼んだ。

「ラーラ」

どうしてか、ぼくの、胸の底が熱くざわついた。

ぼくは、この時から予感していたのかもしれない。この不可思議で、貴重な旅路が終わりに近づいていることを。

ぼくが些細な気づきを伝えうる前に、章太郎くんが口を開いた。

「ねぇ、ラーラ。ぼくはここに立つまで、ぼくにもぼく自身が何を求めているのか、分からなかったんだけど。でも、ぼくが探したもののために、ぼくはここまで来なくちゃいけなかったんだ、きっと」

ぼくは、その少しだけ舌っ足らずな、けれどしっかりした口ぶりに、頷くことも忘れて章太郎くんを静かに見守った。章太郎くんは、自身の思惑の中でいまだ遠くの方を見ていた。

章太郎くんは、それから言った。

「ぼくらは、とても非力で、残酷だね」

不条理で悲惨な歴史の中に廃れゆく都市に吹く風は、章太郎くんの頬を赤く染め抜いていた。彼は、そして続けた。

「それでも、ぼくはぼくの命の上に、自分や多くの人を信じてゆきたいとも思うよ。それが生命の本質なんじゃないかな」

そう言った彼のまなざしは、ぼくの瞳にはっとしたひらめきのように、慎ましやかに美しく輝いて見えた。それは、ロボットであるぼくが見た夢だろうか。

もちろん章太郎くんは、夢の中でも十歳だ。けれど不思議にも、生きているということは、今という限られた現実をもまれに超越して存在する。

ぼくが、彼の存在の上に垣間見た一瞬の広い可能性は、ぼくの持つ情報群をはるかに勝っているると、ぼくには思えるのだった。

その時、ぽたっと、上空より、雨か塵か分からぬ黒い雫が二人の間に落ちた。

「ラーラ」

と、章太郎くんが何かに気づいたように振り向いた。いつの間にか、ぼくは人の姿きていた。

を失っていた。ざあっと、どこからか砂嵐のような音が一斉に集まってきた。
ぼくはその時、悟った。これは、ぼくのシステムが限界を告げている合図なのだ。
天より降りしきる黒い雫は勢いを増し、辺りの風景はだんだんと輪郭を失い始めて
きていた。

章太郎くんは、崩壊しだした夢を背負ったまま、もう一度、ぼくの手を取った。ぼくらがつないだ手の内には、いまだたくさんの課題と矛盾とが行き交っている。それでも、夢の中の章太郎くんは、こう言った。

「ラーラのおかげで、ぼくはここまで来られた。ラーラがいなかったら、ぼくにはぼくに与えられた自由な想像力と生命の豊かさとを感じることが叶わなかったんだ」

それから、章太郎くんは、まるで、彼自身に言い聞かせるように続けた。

「人も生物と同じように、自然の摂理の上で、たくさんの制約と課題とを託されている。けれど、ぼくらは過ちも哀しみも、あらゆるハンディキャップさえも共に乗り越えて、未来に生きていけるんだ」

うんと大切なことは、どうしたら、忘れ去られることなく伝えてゆけるだろうか。

ぼくもその時、章太郎くんのように微笑みたかった。

はるか遠くで、太陽が大地と共に消滅した。
それが、ぼくが記録した最後となった。

生命は誕生するべき前に、命の起源の記憶を辿ってくるという。
小さな生命体が最初に夢見た場所は、深い海の底のように、なにもかもが溶け合って、あたたかかった。やがて時が巡り来て、そのあたたかく幸運な場所で、ラララと、鼓動のような音が震えたかと思うと、ひとつの卵子と精子が奇跡のように出会って受精した。その受精卵は命のはじまりに、夢の中でたくさんの歌を聞いた。

手のないもののかわりに、手になろう
声のないもののかわりに、声になろう
心のないもののかわりに、心になろう
明日のないもののかわりに、明日になろう
そうして、命のないもののかわりに、命になろう今では、忘れてしまったことも、生命は、すべて覚えている。

長い時間をかけて、たくさんのものに守られるようにして、伏見章太郎くんというかけがえのない命がこの世に誕生した。その命の輝きと尊さは、他の誰のものとも変わらない。

章太郎くんは、ハンディキャップを持って生まれたが、その存在こそが、人々に、人類がどんなハンディキャップをも乗り越えていけるという、可能性と夢とを与えているのではないだろうか。

地球は回る。太陽の寿命も、宇宙の行く末も、人類の未来も、本当は誰にも分からない。それでも、ねぇ、章太郎くん、ぼくは君と、君の生きる未来を信じている。

＊　＊　＊

あの日、相部先生が特別支援学級の教室に戻るとまもなく、校長先生が緊急の来客を告げた。

相部先生に頭を下げた壮年のすらりとした女性は、この学校で導入されている児童学習補助ロボットの管理担当の一人であり、開発に助力した科学者であった。

彼女の早口で簡潔な説明によれば、その時より五十五分ほど前にロボットから不具合を知らせる信号を受け取った。それから、管理担当者の数名で状況把握と不具合の確認を進めたが、原因は特定できなかった。その間も、ロボットからは同様の信号が送り続けられていたという。

ロボットは一時的に管轄外の行動を取ったとみられ、安全のためにロボットの主導動力をすべて落とさなければならなかった。ロボットは主導動力を落として数分間は、非常用に蓄電されていた予備動力で行動が可能であったが、そののち自己保護のためにスリープ状態に入り、やがて機能を停止したはずだと伝えられた。また、予備動力での行動は、安全内の活動しかできぬよう制限がかかっていたとも伝えられた。

相部先生の右腕であった児童学習補助ロボットは、確かに教室の真ん中で、児童に寄り添うような姿で動力が切れていた。

相部先生の教え子は、彼女の心配をよそに、ロボットにもたれるようにして、普段よりもずっと落ち着いた様子で、図鑑を抱えてぼうっとしていた。

管理担当者によると、原因の解明が済むまで四週間ほどロボットを引き取るという。相部先生は複雑な気持ちだった。わが校が実験的な学習補助ロボットの受け入れ先に認可された時、このような不測の事態を懸念しなかったわけではない。とりわけ、変化の苦手な彼女の教え子が新しい環境に慣れ始めたばかりというところで、また元の環境に戻ってしまうことが、とても悔しく残念でもあった。

相部先生と児童が少しだけ教室から立ち退いている間に、学習補助ロボットの回収は速やかに済んでしまった。校長先生は重要書類に印鑑を押しに校長室に戻っていった。管理担当者は、相部先生にこう告げた。

「児童または教師間とのやり取りや学習補助内容は記録され、バックアップは随時更新されていました。プログラムに異常や問題が見つからなければ、同じ機体をお返しできると思います。ただ」

管理担当者は、そこでおもむろに言葉を切った。相部先生は思案している相手に、向き直った。

「なんでしょうか？」

相部先生の真面目な視線を受けて、管理担当者は口を開いた。

「児童学習補助ロボットとして登録を受けた機体の中で、あのロボットは少し特別でした。これは三十年以上、対人用ロボットの開発に携わってきた私の思い入れにすぎないかもしれませんが」

管理担当者の口調はまだ何か思うところがあるようだった。相部先生は黙ったまま、その先を聞いた。

「人工知能とはいわば、多大な情報群の認知と識別から生まれる、類似的模倣と推測的結論の運用です。数多の研究者や哲学者が人工知能における人間存在への影響を議論し続けてきましたが、我々がいかに夢見ようと、いまだロボットには、人に並ぶ知恵や心理が持てないのです。それが無機物と生物とを永遠に隔てる大きな所以でしょう。ロボットは生命より先に、人の心さえ真似することができません。

ただ、私たちのもとで、児童学習補助ロボットとしてこの学校に配属されたあの機体には、自身に課せられたプログラムを遂行し更新する際に、まれに規定された行動条件を逸脱するような反応が見られました。そのささやかな『ルール違反』ともとれる行動は、もちろん学習補助ロボットとしての基本的な役割や責務に影響するものではありません」

管理担当者はそこでふっと息をつくと、何事かに想いを馳せるように、相部先生の傍らの児童にその深いまなざしを向けた。児童は珍しく落ち着き払って、大人たちの話が終わるのを待っていた。管理担当者は、相部先生に向き直り、こう続けた。

「あの機体は、彼と『相性』が良かったのかもしれません。自分の意志や心を持てないロボットと人との相性などというのはおかしな話ですが、児童学習ロボットとしての活動を通し、限られた制約の中で、あのロボットは過去の累積した情報を離れ、新しい『結論』へとたどり着こうと、まるで人間のように模索していたのかもしれません。これは、私個人の夢のような見解ですが。それでも、あの機体があなたとあなたの児童との日常を通して、人間社会やロボット開発従事者だけでなく、より多くの人々の支えになるような新しい可能性を示してくれていると私は信じています」

「ええ」

相部先生は頷いた。世の中に向けてよりよくありたいと願う想いは誰しも一緒なのだ。

管理担当者はようやく柔和な顔になって、肝心なことを伝えた。

「大変ご迷惑と思いますが、一日も早く、あの子が何事もなくこちらへ帰ってこられるように、こちらも善処いたします」

「ええ、わたしもそう願っています」

　相部先生もほっとして挨拶を返した。


　それから、しっかり四週間と三日後に、ラーラは晴れて母校に帰ってくることになった。


　相部先生は授業の開始をずらして、校門まで出迎えた。

　もちろん、伏見章太郎くんはずっと待っていた。

　だから、見慣れた胴体が荷台から降ろされてコロコロと低速度で向かってくる様を発見して、彼は一番に呼びかけた。

「ラーラ！」

　その呼び声を受けて、ラーラは柔らかい日差しの中で、誰の目にもきっと微笑んで見えた。

「ただいま、章太郎くん」

「ララ、おかえり」

挨拶は、彼らの十八番。章太郎くんが友達の手を取った時、予鈴が鳴った。

「さあ、今日からまた一緒に頑張りましょう」

新しい一日に、太陽は昇ったばかりだ。


人間に与えられた創造という名の翼は、いつの日か、たくさんの障害を越えて羽ばたくだろう。生命の歩んだ長い歴史の中で、あらゆる種を認め、共に未来を信じる、という偉大な力を人類は授かっているのだ。

願いごと

通学路に星が落ちていた。

星は金平糖ほどの大きさで、とても弱っているように、かすかに光るだけだった。

どうにもできず、迷った末に、ぼくは塾に行くために、そのまま星を重たい鞄の底にしまった。

参考書のあいだで、まるで苦し気に挟まったように見えたか細い光に、胸が少しばかり痛む気がしたが、こんな道端で誰かに踏まれてしまうより、マシではないか。

そんなことを考えながら、あぜ道でぼくは普段より慎重に自転車を漕いだ。

塾で、オンライン講義を四つばかり受け終わった頃には、陽はとっぷり暮れていた。

「あれ？」

その時になって、どれだけ参考書をうまく片付けてみても、ぼくは鞄の底にあろうはずの小さな星を見つけられなかった。あの光は、夢か幻か。なぜだかぼくは、今度こそ胸が痛かった。

けれど、そんな出来事も本格的な受験シーズンが到来すると、忘れるほかないのだった。


ふいに思い出したのは、新年の初もうでの時だ。

学業の神様が祭られている大社は、毎年のようにすごい人出であった。

ぼくは、友人と二度目の初もうでに来ていて、彼女は家族と来ていた。

「あ」

「偶然だね。なんて、書いたの？」

彼女は親し気に、ぼくと友人の絵馬をのぞいた。友人も彼女もクラスメイトで、同じ塾生であった。もちろん、絵馬の内容はそろって合格祈願である。

友人が、お守りを受けに授与所に立ち寄っている間、彼女は家族の元に戻る間際に、「そういえば」と切り出した。

「前に、塾で参考書を借りたことあったでしょ？　あの時、言わなかったんだけど」

彼女は、そこで少し言葉を溜めた。目の前に、小ぶりな梅の枝が揺れている。

「何？」

と沈黙を埋めながら、ぼくはなんとなく彼女が言うべき言葉が分かった。彼女は、それから観念したように、告白した。

「ページの間に、星がね、入ってたの」

「……うん」

辺りの喧騒が、一瞬、遠のいた気がした。けれど、すぐに賑やかしい人ごみの中で、彼女がまるで悪いことをした子どものように、しょげて言った。

「それで、私、黙って、持って帰っちゃったの」

「うん」

別にいいよ、とぼくが言うと、よくないよと彼女はなぜか怒った。

「だって、すごく弱ってて、そのまま二度と光らなくなっちゃったんだもの」

彼女が、斜めがけの鞄から丁寧に取り出して見せてくれたのは、可愛らしい柄の小さな巾着に入っていた金平糖のような、星のなれのはてであった。

「ごめんなさい」

と、彼女は罪もないのに、そう謝った。それから、続けてこう言った。

「今日、まさか会うなんて思ってなかったから、私本当はこのまま神様のもとに返してあげようって考えてたの。だって、空にはもう返せないでしょう」

そう言った彼女の瞳には、星のかわりに、うんと切実な願いがささやかに灯っていた。

二人の足元に、まだ、綺麗なままの梅の花が落ちている。

ぼくは、彼女の手のひらに星のかわりに、梅の花を置いた。

「大丈夫。ちゃんと、願いごとは叶うよ」

ぼくがそう答えると、彼女がはっとした表情で、ぼくを見返した。

淡い想いの眼差しを受けて、ぼくは、今年はじめて嘘をついた。

「この星を見つけた時、ぼくはさ、受験が無事に済んだらいいと願ったんだ。だから、絵馬にも書いた通り、ちゃんと志望校に合格できたら、ぼくの願いは叶って、きっとこの星も報われるんじゃないかな」

「……そう思うの？」

「うん、思うよ」

ぼくは、真面目に返事した。

彼女は少し迷った末に、気持ちが晴れたように言い直した。

「うん、分かった、ありがとう。じゃあ、受験まで、お互い頑張ろうね」

「うん」

友人が授与所から戻ってくると、彼女は手を振り家族の元に戻っていった。

境内をあとにして、屋台が立ち並ぶ坂道を下りながら、友人がぼそりと言った。

「告白でもされた？」

「なんでだよ」

ぼくがまっとうに否定すると、勘のいい友人は、ふーんと疑わしげに言いながらも、それ以上聞いてはこなかった。

けれどそれから、イカ焼きとイチゴ飴が食いたいという友人に付き合って、列に並んでいる間に、ぼくはずっと、彼女の瞳と、ぼくが星を拾った偶然と、それから鞄の底であの星が消えてしまったと思った時に、胸が痛かった理由を考えていた。

遠い場所

「夏休みにはね、島へ行くのよ」

「いいね、避暑かなんか？」

グラウンドでは、ソフトボールとサッカーの授業が行われ、体調不良による見学組は、僕と彼女の二人だけだった。

並んで座る木陰の頭上で、煩い蝉の声も、クラスメイトらの高らかなかけ声もなぜか遠くに聞こえた。一瞬、くらっとしたのは、軽い貧血か、陽ざしのせいか。

「何にもない場所なの」

「へぇ」

気の抜けた返事にも彼女はあまり構わないようだった。

彼女は、砂埃立つグラウンドの向こうに蜃気楼でも見るように、目を細めて言った。

「その島はね、他の人は知らないの。まわりはもちろん海で、砂浜は白く、ふたつのなだらかな丘とくぼ地と、雨が降れば水が溜まるだけの小さな池だまりがあるだけなのよ」

彼女の声は、不思議と明朗に脳裏に響いた。

なにげない相槌でも返そうかとしたその時、彼女の飾り気のない横顔に、しぶきが跳ねた。

僕はつかのま、息をのんだ。今度は白昼夢とでもいうのだろうか。

しぶきは波と姿を変えて、次から次へと彼女へ押し寄せていた。

彼女の二つの瞳を、小高い鼻筋を、小さくふっくらした濡れた唇を、海が陸地を島に変えるように作り変えているようだった。そういえば、彼女の名前はなんだっけ。

「小さな船で行くのよ」

「……どこにある島?」

眩暈をふりはらって、心なく、他意もなく、僕はそんなことを聞いただけだった。

「さあ、どこにでもある島よ」

そうさっぱりと告白して振り返った彼女は、とても綺麗に微笑んでいた。

「ねぇ、それ、最後まで読んだ？」

話題を急に切り替えられて、僕は間抜けにも鼻白んだ。ばれずに持ち歩いていたのは、悲恋ものの長編小説だった。

「時間を潰すには、いい本よね」

終業のチャイムが鳴って、彼女は女子の列に並びに行った。


彼女の名前は、それからすぐに確かめられた。件の本を彼女も借りていて、貸しカードにフルネームが載っていた。全12巻の長編のすべてを、彼女は僕より先に読破しているようだった。それから夏休みに入るまで、彼女と話す機会はとんとなく、彼女が本当にどこぞの美しい島にレジャーに行ったのかさえ知る由もなく、けれど、不幸は唐突に訪れた。

彼女が、夏休み中に親戚と訪れた旅行先で滝つぼにあやまって転落し、亡くなってしまったのだ。緊急の全校集会が開かれ、誰も彼も皆々が、訃報の哀しみに暮れるしかなかった。しめじめとした重苦しい空気の中を、それでも噂というのは流れるもので、ほどなくして僕の耳にも届いた。

親戚というのは年の離れた従兄で、二人は他の家族に黙って旅行に出かけたこと。従兄は画家で、学生の彼女をモデルにしていたということ。あまつさえ、彼女の死は事故か自殺か分からないという憶測まで、むやみに飛び交った。

僕は人中から遠ざかるように、ホームルールをさぼって、三階の図書室へ向かった。何度か通った一角で、まだ手をつけていない最終巻を手に取る。その裏表紙には貸しカードはなく、代わりに、丁寧に折りたたまれたクロッキー帳の一ページが落ちないようにテープで張られていた。貸出記録の日付から、ちょうど一年前の秋から彼女が読み始めたことは知っていたが、おそらく、彼女がこれを挟んだのは今年の夏休み前だろうと、僕は暗い気持ちで直感した。


遠い場所から、波の音がする。彼女を変えた夏の音。

折りたたまれていたクロッキー帳をそっと、開く。

そこには、何もかもが残されていた。

デッサンのモデルは確かに彼女で、彼女は何も身に着けておらず、海に洗われた孤島のように美しく、そこに収まっていた。

　僕はそれから、結局、卒業するまでその最終巻を読むことはなかった。

　大学に進学し、社会に出る頃には、僕にも恋人が幾人かできた。身体もいくらか鍛え、もう日中堂々と白昼夢を見ることもない。けれど、ふとした瞬間、恋人があんまり綺麗に微笑む時には、僕は長いことそのからだを抱きしめた。

　彼女が、どこか遠い場所にいってしまわないように。

想いが向かう場所

「うちの家、出るんだ」

と、頃合いを見計らったかのように告白をしたのは、住人の本郷啓介である。

「何が?」

安い缶ビールを片手に、そう生返事を返すだけの筒井仁孝の目は、テレビの画面に釘付けである。

「やっぱり、秋吉ニナちゃんは可愛いよな」

休日に早朝から並んでゲットした、秋葉原店来場者限定動画には未来的なメイド服姿のアイドルグループが歌って踊っている。

本郷と筒井は、同じ大学の同級生でもあり、オタク友達でもあった。彼らが高校時代から、応援していたアイドルの卵たちが、このたび、三年の下積みを経て、晴れてメジャーデビューを果たした。受験勉強をしていた時に、彼女らの歌声とひたむきに努力をする姿は励みと同時に〝萌え〟をも与えてくれたものだ。そんな感慨とともに、二人は、ファンとしてささやかな祝いと、今後も変わらぬ声援を誓い合うのだった。

「今日、泊まるんだろ？　うちさ、出るんだよ」

そんな気分もいつの間にか冷めるように、本郷は、筒井に念を押した。

動画を七回ほど繰り返し視聴した後で、筒井は、ようやく真面目な顔で何事かと振り返った。本郷は、すっと人差し指を立て、アパートの低い天井を指してみせた。ここは一階だ。天井には、言われなければ気づかないほどの薄い無数の染みがあった。雨漏りではない。しかし、それはやはりただの古い染みにも見えた。

「夜更けになるとな、こう、女のすすり泣く声が続いて、朝には、新しい染みが増えているんだ」

筒井は冗談ともとれない友人の発言に、酔いも醒める勢いでドン引きした。しかし、質（たち）の悪いことに本郷の話は本当で、筒井は真夜中過ぎに、女のすすり泣きを聞き、朝方、新しい染みをしっかり確認した。引っ越せと筒井が助言すると、本郷は金がないとにべもなく断った。彼が言うには、このアパートは立地も周りの治安もよく、家賃の割に利便性が高いという。とはいえ、このような恐怖物件に住み続けられるわけがあろうか。何よりオタク仲間の本郷の家に筒井が気軽に遊びに来られなくなることは、お互い都合が悪くもあるのだった。

その日、大学は休みで、本来は関わりたくもない手の話だが、二人は原因追及のために、まずは大家を尋ねた。案外、糸口はすぐに見つかった。

年配の大家が言うには、本郷の前の借り主も同じことを相談していたらしい。すぐさま、お祓いでもなんでもしてくれと筒井が迫ると、大家は、あろうことか首を横に振った。

「あんたが、入居してくれる前に一度したんだよ。困るなら、悪いが出て行っておくれ。こちらもあんまり変な噂がたつのはごめんだからね」

それでも大家は、何かしら心当たりがあったのか、そののちすぐに前の借り主に電話を入れたらしい。件の借り主だという若い声の女は電話口で、わたしのせいなんです、と謝った。それから、女は、電話口で説明するのも難しいからと、次の週末にアパートへ出向くとまで言った。

そして週末、マネージャーを連れてアパートに現れた彼女を一目見て、オタク二人は震えあがるほど驚いた。それは、アイドルグループの秋吉ニナだった。

「わたし、昔から霊媒体質なんです」

　その心底申し訳なさそうな口ぶりに、二人は浮ついた気持ちを正して向き合った。

彼女は、辛そうに続けた。

「それでよく自分と似た悩みやしんどい想いを持っている霊を引き寄せちゃって、ここに住んでいた半年はアイドルの研修生時代で、自分の気持ちが特に荒れてててひどかったんです」

　彼女は後半ずっと泣きながら、正直に告白した。グループ結成前にいろいろといざこざがあったこと。自分も耐えられなくて、悪口を吐いたり嫌なことを考えたりしたこと。

　彼女の頬に涙が幾度も幾度も流れて、服に染みを作っていた。話を黙って聞いていた筒井はいくらか幻滅したように、しかし自分と彼女とを励ますように声をかけた。

「誰しも人間だからさ、仕方ないよ。でも、この前のメジャーデビュー曲、俺たちはすごい好きだったよ」

　彼女は、最後に部屋に向かって、祈るように手を合わせてから、帰っていった。

それから不思議なことに、本郷によれば、天井の染みもすすり泣きの声も聞こえなくなったという。

「これまでの想いが、一応、浄化したってことかなぁ」

街中を流れる広告動画には、キラキラとした笑顔の彼女らが、華々しく新曲を披露している。その曲を聴き、二人は目を見合わせて、それから今一度、アイドルオタクであり続けることを誓った。

音階のありて

広場の片隅で、手回しオルガンが鳴っていた。

「どうやって、弾いているの？」

くるくるとレバーを回すだけの老人に、ピアノのレッスンに連れられていくところだったマティス少年は、何気なく聞いた。手を引く、付き添い代わりの乳母はびっくりした。

マティスは、あまりピアノが好きではなかった。

周囲の期待と才能に反して、ピアノの講師の厳しい指導が待つレッスンは、マティスにはつまらぬうえに気が重いだけだった。

手押し車に乗ったオルガンは、広場を通るたびに、時に愉快に時にしみじみと、いい案配な曲を演奏した。

しかも、奏者の老人は、片手を永遠に回すだけ。

ぼくは、もういっそピアノではなくオルガン奏者になってしまいたいと、マティスは単純愚かに、思い巡らすのだった。

それに、楽譜さえ見当たらない。くるくるくるくるくる。

ああ、どうやって、曲を奏でているというのだろう。

ピアノの講師は、口癖のように、マティスに教え諭した。

「よいですか。その音階と自分とが一体となるまで、弾き続けなければ、プロにはなれませんよ」

練習、練習、練習。もう、うんざりなんだ。

この世には、鍵盤をたたかなくっても、楽しく爽快に鳴る音楽だってあるじゃないか。

一曲弾き終えて、オルガン弾きの老人は、何かを期待して居残るマティス少年を見ていた。乳母は、大切な坊ちゃまがめんどうごとに巻き込まれやしないかと、おろおろしながら、仕方なくオルガン弾きの帽子に、自分の小銭を投げた。

老人は、礼を言った。

「リクエストは、あるかね？」

マティスは、もちろん答えた。

「どうやって、鳴らしているのか、教えてよ」

ふむ、と老人は、オルガンの天井を開けた。そうして、丸いロール状のボール紙を取り出した。そこには、無数の穴が開いていた。

マティスには、その「音階」が読めなかった。

「坊ちゃま、もう行きますよ。遅れたら、奥様にこっぴどく叱られちまう」

乳母に連れられて、マティスはその場を後にしたが、手回しオルガンからは、いつの間にか新しく、今度は陰惨な曲が鳴っていた。

「またの御贔屓を」

オルガン弾きの手元は、相変わらず、くるくるくるくる回っていた。


それからマティスは、ある晩、夢を見た。

その日は発表会の課題曲をさぼり、機嫌の悪くなったピアノの講師に、「マティス君、きみはきみが弾いている音階がどこからきて、何を構成しているか、ちゃんと考えたことがあるかね」と小難しく呆れられ、罰として課せられたバイエルの曲たちが、鍵盤とマティスの頭の上を、くるくるくるくる回っていた。だから、きっとそんな夢を見たのだ。


夢には、見知った顔があった。

オルガン弾きの老人は、使い込まれた火ばさみと袋とを持っていた。傍らにオルガンはなかった。それから老人は、マティスに教えてあげようとだけ言った。マティスは何も言わず、彼の後をついていった。夢の中では、不用意に喋れぬようだった。

オルガン弾きの老人は街を徘徊し、まるで街の清掃でもしているようだった。

道端には、いろんなものが落ちていた。

破れたポスター、吸い殻、牛肉の缶詰、右足の靴、溶けかけた飴玉、金ぴかの硬貨、バイオリンの弦、鳥の死骸、枯れてしまった花束。

それらをすっかり袋の中へ片付けてしまうと、次は川へと赴いた。

入れ歯、割れた酒瓶、さびた鍵、朽ちた車輪、へどろ、柄の曲がった鍋。濡れそぼった恋人たちのささやき。

拾い上げたそれらすべてがいかにして手持ちの袋の中に収まるのか、夢の中のマティスにはよく分からなかったが、オルガン弾きの老人はとんと構うことなく、仕事の最後に自宅へとマティスを招いた。おんぼろの部屋は狭くて、まるで工房のようだった。

あら、とマティスは気がついた。そこには見慣れた手回しオルガンがあった。その傍の作業台の上には、穴の開いていないボール紙が広げられている。

オルガン弾きの老人は、持ち帰ってきた袋の中から、まずは履き潰された片方の靴を取り出した。太いピンセットで、靴底からなにかをはがすしぐさをする。ギャッと、短い悲鳴がしたと思えば、ピンセットでつまみあげられているのは、片方の靴の擦れた影だった。マティスは、目をしばたたかせたが、老人は平然として、まるで抵抗するかのようになびく薄っぺらい影を、ノミでボール紙に正確に打ちつけた。マティスは目が離せなかった。その影は染み込むようにボール紙に穴を開け、やがて「一音」になった。同様にして、オルガン弾きの老人は、手慣れた手つきで、音をはがし、穴を開けた。数多の街の影が、ボール紙の上にひっそりと音階を作った。そこに、同じ「一音」は一つもなかった。

さて、部屋の外はとっぷりと暗かったが、小窓からは首の長くなった望遠鏡が突き出ていて、のぞき口にはフラスコ型の硝子瓶がぴったりと添えられている。ふいに、オルガン弾きの老人は、マティスにその硝子瓶に溜まっている光景を見せた。

硝子瓶の底にははじめ、黒い塵が溜まっているだけだった。けれど、その塵芥はゆっくりと渦を巻き、二つに分かれると女と男の姿をかたどった。

その影絵のような二人は、どうも言い争っているらしかった。しばらくして、女の塵が怒って平手をくらわすと、男の塵は、ちりぢりに霧散してしまい、女の塵は余計に泣きながら、硝子瓶を飛び出していくのだった。

オルガン弾きの老人は慌てることなく、勢いの良い塵を捕まえてしまうと、ボール紙にノミを打った。そうして、いまだ硝子瓶の底に気弱くへたりこんでいる塵をつまむと、同じ場所にノミを打った。やがて、二つの塵はぴったりと寄り添いあい、半音の和音になった。オルガン弾きの老人の部屋には、そこここに、そんな塵芥がつたい溜まった硝子瓶が蓋をされて、所狭しと並んでいた。

マティスは、老人の作業に夢中で気がつかなかったが、ある硝子瓶の中では、仕事を失った中年の男の塵が首吊りを思いとどまり、またある硝子瓶の中では、未亡人の塵のもとに面影のある幼い塵が生まれ、そうかと思うとまた、ただの黒い塵芥に戻ったりしていた。よく目を凝らさなければ、それはやはり、硝子瓶の中でどこまでいってもただの塵だった。

すっかりボール紙に穴が開いてしまうと、オルガン弾きの老人は、その立派な楽譜を巻き取り、手回しオルガンの前に立った。試しに演奏でもするのだろうか。マティスがあっと思う間もなく、老人は楽譜と一緒に自分の足元の影を挟み込んだ。くるくるといつもの調子でハンドルを回せば、知らぬ曲が流れるとともに、どんどん老人の影も巻き取られていく。影がとうとう短くなってくると、しまいにはオルガン弾きの老人こそ一枚のボール紙のように薄くなって、オルガンの中へと滑り込んでしまった。つまるところ、今や何もかもが、小さな宇宙の中にしまわれてしまった。

誰もいない部屋の中で、オルガンだけが鳴っている。その誰のものともいえぬ街角の曲が、耳に残るまで、くるくるくるくる、いつまでも夢の中で回っていた。

時が過ぎて、マティスは大人になった。不思議なことに、マティスは幼い日の夢をなんとなく忘れなかった。ピアノの講師は、いつまでも厳しかった。

マティスはいくつかのコンクールで入賞したけれど、結局、プロのソリストにはなれず、交響楽団を経た後に、大学で音楽史の教鞭をとっていた。

「先生、プロにとって、目指すべき音って何でしょう？　まるで、奏者と音階とが一体となるような美しい演奏は、どのように生まれるのですか？」

マティスは、何千回と聞いたであろう質問に、苦笑して、即答した。

「練習あるのみ」

いじわる

「ねえ、踏んでみて」

と、同じクラスのYちゃんが、いきなり目の前の小さな青ガエルを指さし、言いました。

言いつけられた子は、ただ目をまん丸くして、Yちゃんのピンと伸びた指先と、校舎に迷い込んだカエルとを、見つめるしかありません。

けれど、さあ、踏んでとばかりに詰め寄ったYちゃんの指先がその子の胸をかすめようとした時、ふたりの頭上にチャイムがこだましました。

ほっとしたのは、あるいはYちゃんの方で、ふたりは今しがたの出来事なぞなかったかのように、自分たちの教室へと足早に戻り、もちろんふたりはそれからもともだちでいて、そののちずっと、もしかすると永遠に、ふと目の前に現れた小さな生き物に対して、ささやかな思惑さえも向けることはなかったかもしれませんが、言いつけられた子はその経験を二度と忘れることができず、そうしてまた、長いこと誰にも打ち明けることもありませんでした。

その子は普段より大人しくて、内気で物言わぬ子でしたが、それでも、「そんなの駄目だよ」と、その時、一言、言えたなら、何かが変わっていたでしょうか。「どうしてそんなことを言うの」とでも聞けば、Yちゃんは少々むしゃくしゃでもしていた胸のうちをさっぱりと打ち明けてくれたのかもしれません。

けれど、そんな勇気のひとつも持てなかった子は、それから大人になり、あの日あの時、はじめてともだちの目の中に垣間見たささやかな悪意なぞ、この広い世の中のそこここには大変ありふれているものであると知り、心痛めることこそあれど、やっぱり黙って物言わず受け止めていくだけでした。

「ねえ、どうしてカエルを踏まなきゃならないの?」
「どうして、踏んじゃいけないの」

「……」

「…………」

「……可哀想だもの…………」

時知らず、今でも、どこぞの校庭には青い風が吹き、空は若く、花壇にはまっすぐに並んだ花が咲いています。

長い沈黙の上に落ちた、ひそやかな哀しみは誰のものだったでしょう。

わあ、と今度は声をあげて泣き出したともだちの震える肩を支え、一生懸命になぐさめてみても、その言い知れぬ不思議な感覚は癒えることがありません。

本当は、誰も、自分の心のわけなんぞなんにも知らないのです。

ですから、もしもこの世に憐憫などというものがあるならば、この世をおつくりになった神さまは、少々いじわるだったのかもしれません。

雄鶏の卵

世にも珍しい、卵を産むという雄鶏が、競りにかけられたが買い手がつかなかった。

「毎日、卵を産むのかね？」

「いいえ、今のところ、卵を産み落としたのは、前の飼い主のもとで、一度きり」

「して、それはどんな卵だったのかね？」

「あたりまえの卵だったので、朝食のスクランブルエッグになされたようで」

「それなら、今度は、いつ産むというのかね？」

「はぁ、雄鶏の機嫌次第でしょうか」

そんなこんなで、世に珍しい卵を産むという雄鶏は、その辺りの雌鶏よりずいぶん安い値で、物好きな地主に引き渡された。

地主は町はずれに住んでいて、その屋敷には同じくらいに年を召した奥方と、田舎から出てきたばかりの召し使いの娘がいるだけだった。

奥方は朝食にゆで卵を召し上がるのが好きだった。

地主は奥方のために、庭に立派な鶏小屋を作ってやった。

召し使いの娘は物覚えが悪く、毎日、ゆで加減を間違えた。

それでも、かわりの卵は取り放題だった。

毎朝、奥方は決まって、

「もっと美味しい卵が食べたいわ」

と、しわくちゃな顔にもう一、二本しわを深めて、退屈極まりなく言うのが日課だった。地主は先日の戦利品を見せた。

「ほら、ごらん、おまえ。これが世に珍しい卵を産む雄鶏だよ」

「それで、あなた、その雄鶏は毎日卵を産むの？」

「ここぞという時に、美味い卵を産むのだよ」

というわけで、世に珍しい雄鶏がここぞという時に卵を産むまで、召し使いの娘が世話をすることになった。地主は召し使いの娘に、たんと言いつけた。

「必ず、雄鶏に美味い卵を産ませるんだぞ」

召し使いの娘は、鶏の世話なぞしたことがなかった。他の雌鶏らと同じように餌をやり、鶏舎を掃き、飲み水を替えればよいのだが、これまた、よく仕事を忘れた。もしも雄鶏に鶏冠（とさか）がついていなければ、召し使いの娘は、広い鶏舎の中で雄鶏さえも見失っていたかもしれない。

それはさておき、雄鶏は、いつまでたっても卵を産まなかった。

奥方は、今朝もお聞きになった。

「あなた、雄鶏は卵を産んで？」

「いや、もうすぐだろうよ」

雄鶏は、毎朝卵のかわりに、勢いのよい雄たけびをあげるだけだった。

コケッコーという鳴き声とともに、ベッドで目が覚めるなり、奥方はお聞きになった。

「あの雄鶏は、卵を産んで？」

「もうすぐだろうよ」

ひと月もたつ頃には、奥方は馬鹿馬鹿しくなった。この夫は、本気で、雄鶏が卵を産むなぞと信じているのかしら。けれど奥方は、退屈に違いなかったので、茶番に付き合うのだった。

「ねえ、あなた」

「すぐだよ」

　ふた月がたつ頃には、状況はえらく変わっていた。鶏舎の鶏の数がしたたかに増えている。地主は驚き、召し使いの娘を呼びつけた。

「雄鶏はどうした？」

「はぁ、卵を産みません」

「雌鶏は卵を産むのか？」

「いいえ、卵のかわりに雛が産まれます」

　地主は青ざめて、言葉もなかった。召し使いの娘は無頓着だったし、さりとて地主だって、この雄鶏は卵を産むものだと思い込んでいた。地主はすぐに雄鶏を確保し、自分の書斎に鉄格子の鳥籠を置いて、雄鶏を隔離した。そうして、鉄格子の向こうでまるであくどくもうつる雄鶏を指さし、言いつけてやるのだった。

「いいか、卵を産むまで、ここから出さないからな」

そんな間抜けな脅し文句が利いたのかは分からぬが、雄鶏は翌朝、卵を産んだ。

それは、綺麗な乳白色のふつうの卵だった。

地主は歓喜して、小躍りしながら、召し使いの娘を呼んだ。召し使いの娘は、増えた鶏舎の鶏の世話であちこち突かれてへとへとだったので、鍋から早めに卵をすくった。

それが幸いして、世にも珍しい雄鶏の産んだ卵は、見事に美味しそうな半熟のゆで卵となって、奥方の前に出された。

地主は、食卓でじっと奥方を見守った。

奥方は、来る日も来る日も、同じ見た目の同じ味のゆで卵を食べてこそきたが、今日ほどなぜか胸がこそばゆい朝はなかった。まるで、思いがけず服の内側に鶏の羽でも紛れ込んでしまったかのように。それは、この卵が世にも珍しい雄鶏が産んだ卵だからだろうか。

奥方は、一口召し上がった。地主は、まだ黙っていた。

「美味しいわ」

と言い、奥方は口元をお隠しになった。それを確かめて、食卓の向こうで地主は、えらく上機嫌だった。

実のところ、今朝がた早く地主の書斎に忍び込み、雄鶏の鳥籠の中に隠し持っていた卵を置いたのは奥方である。とはいえ、雄鶏が本当に卵を産もうが産むまいが、奥方にとっては大差ないことだった。

奥方が、いえ、世の女たちが気まぐれに退屈な理由なぞ、当の本人さえも、よく分からないのだ。

卵はとろりとして、ふつうの味がした。けれど、そのいつもと変わらない平凡な味わいは、奥方の乾いた舌先と鼻孔を刺激し、ねっとりと奥方の臓腑に落ちていった。

さて、ところで本当に、世に珍しい雄鶏は卵を産まなかったのだろうか。

今朝がた早く、ベッドから抜け出す奥方をひそかに見送った地主が、日の昇ったのちに、自分の書斎の鳥籠を確認し、一体いくつ卵を発見したのか、誰が明らかにできるだろう。地主は、何も言わなかった。奥方も、黙っていた。

あるいは、世に珍しい雄鶏が産んだかもしれぬ卵は、お年を召した老夫婦の飽き飽きとした日常に、何をもたらしただろう。

それからも、奥方は毎朝、卵を召し上がられた。

召し使いは、いつまでたっても、ゆで加減を間違えた。

ここのところ、雄鶏が朝一番にコケッと甲高く鳴いても、二人とも目を覚まさない。

それから、一年も過ぎる頃、奥方にお子が産まれた。

来る日も来る日も目まぐるしくて、世に珍しい雄鶏が卵を産まずとも、誰も気にするものはいなくなった。

祈り

これは昔の話ですが、ぼくがまだ十三かそこらの年の冬、同じ学級のポール・エルマンが割れた湖に足を滑らせ、死にました。

小さな町だったので、その日の午後には、訃報の噂を誰もかれもが知るほどでした。親切な隣の家のおばさんが、ぼくが同級生だということを知っていて、身なりも整えぬまま、いの一番に玄関先にまで伝えにきてくれました。

ぼくはその時、どんな顔で、何を答えたのか覚えていません。

ただ前の週に、彼が大変明るい緑色のセーターを着ていたことや、年明けの休みには久方ぶりに国境沿いに住む母方の祖母に会いに行くのだと嬉しそうに話していたことなどを思い出しながら、それっきり閉ざされてしまった湖の、光も照らない湖底のようなほの暗く冷たい心持ちで、ぼくはゆっくりと扉を閉めました。

ポールは、転校生でした。

ポールのお母さんは三年前にポールを連れて再婚し、彼の新しいお父さんは町で唯一の医者でした。これはもっと後になって聞き及んだ話ですが、ポールのお母さんは、新しい家族のために赤ちゃんを授かりたいと、ずいぶん苦心したようです。新しい夫は前の連れ合いとは気質も考えも真逆の人だったといいます。

あの日、どうして彼はまだ陽も昇り切らないうちに、ひとりっきりで、遠く、薄暗い雑木林の向こうの湖へ出かけていったのでしょう。ただ、その冬、はじめて凍っただろう湖を誰より先に見に行きたかったのかもしれません。

季節が巡って、ぼくらはみんな、大人になりました。

ぼくは、今では知っています。

年の順など関係なく、健康か病持ちかなども関係なく、誰もの頭上を唐突に、死というものは通り過ぎていくのです。

けれど、忙しい日々に喜びや苦楽を知り、人の世に何度春が巡ってこようとも、人知れず凍った湖に降り積もる、人生の澱のような哀しみに、人はいつまでも慣れることはないのかもしれません。

今日も、誰かがどこかで、亡くなりました。

日曜日の食卓の上にも、咲き誇ったばかりのミモザの上にも、打ち上げられて朽ちてしまった漁船の上にも、鎮魂の風が吹いてはまた去ってゆきました。

ぼくは年を重ねた今でも、ぼくの命が選んでいる生き方に自信があるわけではありませんが、それでもふっと、自分が底の暗い凍った湖の湖面を踏んでいると思えた時には、いつか、手編みのように綺麗に編まれた明るい緑色のセーターを着て、はじめて人を失うことの喪失感を教えてくれた、ポール・エルマンのことを思い出します。

すると、まるで道上を照らす灯火のような祈りの声が、静かに聞こえてくるのです。

すべての命に、輝きあれ、と。

ヘンリエッタさん家(ち)の雌鶏

ヘンリエッタさん家の雌鶏は老齢でもないのに、ある日、卵を産まなくなりました。

ヘンリエッタさんは毎朝、卵を一つだけ食べるのが彼女の変わった習慣でした。

「さて、困ったわ」

雌鶏は放し飼いの庭先で、ヘンリエッタさんの腹の音も気にせず、素知らぬ顔で乾いた地面をつついています。雌鶏は飼い主によく似たためか、痩せていて、煮ても焼いてもあまり美味しそうではありません。

ヘンリエッタさんは貧乏でした。というのも、彼女は画家で、時たま大きな収入があっても、大抵はローンと新しい画材道具に消えていくからです。それに、ヘンリエッタさんは意外にケチでした。

どうせ、卵は一つしか食べないのに、雌鶏が二羽いるかしら？

それに、今日は、たまたま卵を産まなかっただけで、明日は産むかもしれないじゃない。そう考えてヘンリエッタさんは、その日、鶏も卵も買わずに、一日一杯の水を飲んだだけでした。

あくる朝、目覚めても、庭先の雌鶏がやっぱり卵を産んでいなかったので、ヘンリエッタさんはしぶしぶ街に赴きました。市場までやってきて、ずらりと並んだ雌鶏が、ずらりと卵を産んでいる光景に、ふとヘンリエッタさんは頭をつつかれたように意を変え、そこで産みたての卵をひとつだけ買うと、雌鶏を買うお金で新しいキャンバスと絵の具を買って帰りました。

午後もとうにまわった家の庭先で、卵を産まない雌鶏は、ヘンリエッタさんが昼食に卵を食べてしまってからもなお、相変わらず好き勝手に地面をつついていました。

お腹もくちてヘンリエッタさんは、ひとり言のように、こう言いました。

「考えてみれば、毎日毎日、卵ばかりを産まなきゃならない一生なんて、そりゃあ、飽き飽きしたって当然ね」

ヘンリエッタさんは、画家として独り立ちする前は、役所の勤め人でした。

今となっては画家としてあまり成功していなくとも、その日暮らしの方が割と性に合っていると、ヘンリエッタさんは思い直すのです。とはいえど、人も鶏も明日のために、食べていかねばなりません。

ヘンリエッタさんは、おもむろに買い求めたキャンバスと絵の具を広げると、あっという間に目的のものを仕上げました。それは、卵を産まなくなった雌鶏のための色彩豊かな求職広告でした。

さて、ヘンリエッタさんの描いた求職広告を見て、知り合いの骨董屋はこう言いました。

「雌鶏に仕事をだって？　どうかしている。雌鶏は卵を産むのが仕事だろうに」

「ええ、でもうちの雌鶏は卵を産まないんですもの」

ヘンリエッタさんは、店先で手頃な掘り出し物を探しながら、そうそらぞらしく答えました。古い焼き物に絵付けをし直して、新しく売るのです。いくら希少価値があろうと、埃が積もって役に立たぬよりも、形を変えて日の目を浴びた方がよいだろうというのが、ヘンリエッタさんなりのうがった考えでした。そんなヘンリエッタさんけました。

の傍らで、骨董屋の主人は古くさい頭でなおも、呆れるようにちくりちくりと言いつ
「卵を産まぬ雌鶏なんぞ、埃が積もろうが他の役には立たん。餌が悪いか、寝床が悪いか、今に鶏冠（とさか）が生えて雄鶏にでもなる気かね」

「あら、そんならいっそ雄鶏にでもなれば、どんなに役に立つものかしら」

しかし、ヘンリエッタさんが、結局何も買わずに店を出てみても、出先で会う知り合いは皆こぞって、似たような助言をするのでした。

「雌鶏に仕事をだって？　また変わったことを。人権ならぬ、鶏権侵害かい？　雌鶏は卵を産むのが仕事だよ」

ヘンリエッタさんはそのたびに、

「あいにく、うちの雌鶏はストライキ中なもので」

なぞと適当に返事を取り繕っていましたが、その日ヘンリエッタさんが家に帰って、やれやれとベッドに入ってしまってからも、コッコココッコと、なぜだか無性に昼間の小言のような世間話が頭の隅をつついて回るのでした。

卵、たまご、雌鶏、卵、仕事、たまご……。

普段のヘンリエッタさんなら気にも留めないでしょうが、その珍しく寝苦しい夜にヘンリエッタさんはコツコツコツコツと千羽の鶏にでもせっつかれるように、うなされながら、不思議と長い夢を見たのでした。

その夢の中で、ヘンリエッタさんは、腕に翼の生えた雌鶏でした。けれど、足は人間のまますらりと長く、胸回りに羽がふっくら生えて、からだの先にとんがった嘴と尾っぽがある以外、別段動き回るのに不自由もなかったので、雌鶏になったヘンリエッタさんは夢の中でも貧乏人の性ゆえに、はたと仕事をしなくちゃ、と思い立ちました。けれど、翼で絵筆は持てません。困っているところに、リリリと電話が鳴りました。

「おたくが、仕事を探している雌鶏かね」

と、電話の主は尋ねました。

「ええ、そうですよ」

と、ヘンリエッタさんが受話器の持ち手に苦戦しながらうかつに答えていると、

「では、今日の晩からよろしく頼むよ」

とだけ言ってあっけなく、電話はまたリンと切れました。

夜になり、鳥目になったヘンリエッタさんが少々不審げに約束の場所に赴くと、これでもかという数のネオン灯の先に、電話の主が待っていました。

電話の主は、中年の燕でした。中肉中背の彼は、それでもきっちりとした煌びやかな燕尾服を着込んで、

「さあ、もうすく出番だ。雌鶏の出演は珍しいから、きっと客がよろこぶだろうよ」

と、いまだ目が眩んでぼさっと突っ立っているヘンリエッタさんを自分のキャバレーの楽屋に案内しました。

うかうかとしている間にヘンリエッタさんが連れてこられた楽屋には、なんとまあ、夜の店らしく華々しいともいかがわしいともいえぬ衣装やら小道具やらが目立ちましたが、そんなものよりも目の慣れてきたヘンリエッタさんの気を引き留めたのは、自分の出番を待つために、大きな鏡台の前で時間を持て余しているちんけな踊り子たちでした。

「最近、羽にツヤがないのよね」

そう最初に自らを憐れんでみせたのは、一羽の家鴨です。そこへ、自分たちの話に飽き飽きしていた雉と雀と鶯がいい機会だと、こぞって同じような不満を並べたてて、気楽に話を盛り上げました。

そんな中、ぽつねんとするヘンリエッタさんを見つけたのは、誰よりも豪奢に着飾った鶴でした。古株の踊り子は白粉をはたいた扇子を気取った様子で、ゆうらゆらと仰ぎながら目を細めて言いました。

「見慣れない顔だけど、おたくは新入りかしら」

「ええ、まあ」

ヘンリエッタさんの気もそぞろな返事もさて知らず、鶴はさらに皺を深めて、ヘンリエッタさんのつるんとした嘴から尾っぽまでをしげしげと窺いました。

「雌鶏なんて、珍しい。聞けば、おたくは、年がら年中卵ばかりを産む種なのでしょう？」

「はぁ……」

ここでもまた卵の話かと、ヘンリエッタさんは少々やきもきしながら答えました。

「そうですけれど、もう産めないので今晩はこちらにきたんです」

するとそれまで珍妙なものでも見ているように何事かを疑っていた鶴の目が、ひときわ鋭く光ったようで、それからおもむろに首を伸ばしたかと思えば、鶴はこう口をききました。

「みんな、この子はもう卵が産めないのですってよ」

その一言で、そこここの鳩も鴎も誰彼もが、暇なおしゃべりをやめてヘンリエッタさんを注視しました。ヘンリエッタさんは、内心青ざめました。いまだかつて、鶏になって、こんなにも居心地の悪い場面があったでしょうか。けれど、そんなヘンリエッタさんの心情などお構いなしに、知人でもない踊り子たちは徒然なるままに、好奇な眼差しでヘンリエッタさんを囲うのでした。

「まあ、それは、うらやましい話ね」

「ええ、ほんと。そのせいで、仕事をやめた子が大勢いるんだから」

「支配人もいい加減なのよ。お客の機嫌を取って、しまいに解雇されるなんて割に合わないわ」

「そうよそうよ。皆、半端な気持ちで、踊ってんじゃないんだから。羽のメンテナンスも、ショーのための演出もどれだけ大変か分かってんのかしら。この仕事を失ったらわたしたち食べていけないわ」

「はあ、いっそ大金持ちの太いお客でもつかないかしら。甲斐性のないお客ばっかりで嫌になっちゃう」

ヘンリエッタさんはどうしてか置いてけぼりの会話の中で、何かしら言いたいことがある気がしても、ただ、かしましい輪の中で小さくなっているしかありません。

その時、コンコンと楽屋の扉がたたかれ、

「さあ、開演だ」

と、先ほどの燕が立ち現れました。

すると、それまで重箱の隅をつつくがごとく意地悪にお喋りを楽しんでいた踊り子たちは、まるでスポットライトを浴びることがこの世で一等の喜びであり、一番の稼ぎ口であるかのように、いの一番にと素早く軽やかな足取りで舞台へと駆け上がっていくのでした。

舞台袖から高らかに開演の口上が聞こえてくる頃になって、最後に楽屋を出たのは、あの鶴でした。鶴は、相変わらず煌びやかな扇子で顔を半分覆いながら、そのつぶらな目でヘンリエッタさんを射貫くと、こう言い残して出て行きました。

「事情がどうあれ、そんじょそこらの雌鶏に、ここの舞台は務まらなくてよ」

なるほど、それは正論です。ヘンリエッタさんだって技量もなければ、よもや水が合うとは思ってなどいません。とはいえ、白粉の匂いが鼻について、ヘンリエッタさんはきつい足音がずっと遠くに聞こえなくなってから、ひとり残された部屋でくしゃみをしました。

さて、それから、今夜の仕事を失ったヘンリエッタさんは、舞台裏からこっそりとキャバレーを抜け出しました。舞台の照明が落ちてしまう間際、客席に見知った顔がちらほらと垣間見えたのは、見間違いではないでしょう。

まったく、雌鶏が夜に出歩くと、ろくなことがないようです。

それでも、キャバレーを後にしてから、夜はまだ序の口のまま、頭上の星さえうまく見えません。ヘンリエッタさんはこんなにも朝が待ち遠しい日ははじめてでした。

それになぜだか、夜風が冷たくて、胸回りの羽毛がうずうずとさえするようです。

コッコココッコと、喉を鳴らしながら、ヘンリエッタさんが家路につこうとしたその時、どこからか地を這うような低いうなり声が聞こえて、ヘンリエッタさんは思わず全身を毛羽立たせながら、たじろぎました。

するとすぐ目の前の物陰から現れたのは、汚い身なりの大きなどら猫でした。

「おまえ、雌鶏だな」

そういうと、どら猫は匂いを嗅ぐように無遠慮にヘンリエッタさんに近づきました。

はて、幸か不幸か、雌鶏であったヘンリエッタさんは、反射的にどら猫の胸ぐらめがけてここぞとばかり跳び蹴りを入れました。

突然のことに驚き、声も出ないのは、今度はどら猫の方です。

彼は二、三歩ふらついた挙げ句、すでに威勢やプライドのへったくれもないという素振りで、地面にすり切れた片膝をつきました。

あら、といまだ油断なく身構えていたヘンリエッタさんはそこまできてようやく、目の前の状況の思い違いに気がつきました。暗がりで不当者かと思ったどら猫は、どうやらヘンリエッタさんに声をかけるより前から、すでにあちこちぼろぼろだった様子です。そのみじめったらしい姿に、まさか自分がとどめを、とヘンリエッタさんの良心が思ったかは定かではありませんが、どら猫がやっぱり無遠慮にも手を差し出すもんですから、ヘンリエッタさんは仕方なく、その手をつかんであげました。

「あたたた……………」

どら猫はよれっと立ち上がると、それでも毅然としたなりで埃を払い、額をかき上げました。そうして、青いたんこぶも痛々しいまぶたの下で、己を棚にあげつつ、どら猫は今さらすかして言いました。

「なあ、こんな界隈で雌鶏が一羽で歩いてちゃあ、危ないいんじゃないか」

はあ、それはそちらも同じではと、ヘンリエッタさんは口にはしませんでしたが。

「ええ、どうも。けれどあいにくと、今夜は仕事で仕方なかったんですもの」

と、そこまで答えておいて、ヘンリエッタさんは間抜けにも自分が現在無職の身であることを思い出しました。どら猫はそのことを知ってか知らずか、まだしげしげとヘンリエッタさんを見つめながら、自分の顎髭に手をやりました。

「へえ、こんな夜更けに雌鶏が仕事を？」

「………………」

「へえ？」

どら猫は、また興味深げに鼻先を近づけましたが、ヘンリエッタさんの嘴がカチンと向けられたので、どら猫は今度こそ思い至ったように、身を引くと、肩をすくめてみせました。

「別に捕って食いやしないさ。なんてったって、今の俺には爪も牙もないんだからな」

なるほど、そう言ったどら猫の、口にも指にも、確かに鋭い逸物はありません。

「まあ」

と、ヘンリエッタさんがうっかり同情すれば、どら猫は、少しばかりふてくされながらも口惜しげに白状しました。

「へん、百万年たとうが、いつの時代もどら猫なんざ、路地裏の獲物を狩って縄張りをつくるのが仕事だよ。なのに、今夜俺はこの通りみじめにも自分のシマを追いだされちまったわけさ」

傷を受けたどら猫の背中を、ひゅるりらと冷たい夜風が他人事のように吹いていきました。ヘンリエッタさんは、内心ひそかにうなだれていそうなどら猫に、けれどこう声をかけました。

「牙や爪がなくったって、仕事は他にもあるわ。大体、牙も爪もまた生えてくるじゃない？」

そのてらいのない言葉がいささか無神経にも響いたのか、どら猫はひげを寄せて言いました。

「へえ、まったく好きなことを言うじゃないか。多かれ少なかれ自分に大事なことってのは、そうやすやすと変えられるもんじゃないぜ。そういうおまえさんの仕事は、どんなもんだっていうんだよ」

　ヘンリエッタさんは黙り込みました。絵描きよ、と言ったところで、結局この翼では絵筆は持てないのですから、どら猫のいう通り、確かに何かを失うということは不便ではあるのです。それに、世にごまんと仕事は積み残されていれど、自分に適うものは、そうめったに巡り会えないこともまた、この世ならのことでした。

「そうね、確かに、代えがたいことってのはあるわ」

と、ヘンリエッタさんはふっと意を改めて、どら猫から目をそらすと、はるか頭上を見上げました。

　すると、何事かのしるべのように、広い空の端っこで、星が一つ落ちました。

「あら」

　すると今度は、ヘンリエッタさんの体中が、むずむずっと落ち着かなくなりました。うずうず、むずむず、羽、ばたばた。

「なあに、してんだい？」

どら猫が妙ちくりんなものでも見るように、首をかしげて不思議がってみせても、ヘンリエッタさんだって、そんなの知りません。ただ、じっとしていたいような、じっとしていたくないような心持ちに羽毛が騒いで、コッココッコとばたついた挙げ句、とにかく家に帰らなくちゃと、ヘンリエッタさんは叫びました。

「おい」

どら猫が呼び止めるのも聞かず、ヘンリエッタさんは、目もよく見えないくせに忙しなく、まだ夜も深い街中を、日も昇る方角へと駆け出しました。

「おおい、待てよ。仕事は？　次は、どこにいけば会えるんだよ？」

背後で、どら猫がいじましくも手を振りながらそう問いただすので、ヘンリエッタさんは振り返りながら開き直って、こうさっぱりと答えました。

「あたしは雌鶏だけど、探してくれれば、この街のどこででも働いているわ」

はて、朝日もまぶしく、ベッドで目覚めたヘンリエッタさんは、ずいぶんぐっすりと眠りこけたためか、まるで寝違えたような身体で、うんと伸びをしました。

「はあ、今朝はなんだか、かごいっぱいの卵でも食べられそうだわ」

とは言いつつも、やっぱりヘンリエッタさんは今朝も、渇いた喉に水を一杯飲みました。描きかけのキャンバスと絵の具の匂いもなぜか懐かしく、けれど何事かをひらめく前に、ヘンリエッタさんは庭先の気配がいつもと違っていることに気がつきました。

「あら」

相変わらずほっつき歩いている雌鶏の近くで、見慣れない顔のどら猫が力なくうずくまっています。すり切れた首輪をしたどら猫は、どうやら怪我をしているようでした。コケッと、珍しく雌鶏がヘンリエッタさんに催促するように鳴くので、それからすぐにヘンリエッタさんは、不当者のその迷い子を病院に連れて行きました。

さて、本当に困ったのはそれからです。

それから三日とたたず、くだんのどら猫が元気になっても、飼い主は見つからず、どら猫もどら猫で、いつまでも居座るように庭先を荒らすので、今度は呑気に餌をつけない雌鶏の機嫌もすこぶる悪く、ヘンリエッタさんはしょうがなしに、知り合いの店先を順繰りに回りました。

「おや、今度は猫に仕事でも探すのかい？」

骨董屋の店主が半ばおかしそうに、ヘンリエッタさんがポスターのかわりに貼っているものを見ながら、しげしげとつまらぬ話をするもんですから、ヘンリエッタさんもヘンリエッタさんで、このところの自分の所業がおかしくて、言いました。

「そうねえ、もういっそ、画家じゃなくて、便利屋にでもなろうかしら」

それから、いくら日がたてど街中に配って回った迷い猫の張り紙に連絡してくるものはおらず、どら猫は無遠慮にも鶏小屋を占拠し、ヘンリエッタさんの朝食には、魚の半身が並びました。

コッコ。コッコ。さて、とある真夜中、雌鶏の瞳に、一筋の流れ星が流れていったことを誰が知るでしょう。

その日、珍しく徹夜で仕事を片付けたヘンリエッタさんが、朝も遅くに起きた途端、リン、と電話が鳴りました。

「はい、もしもし」

「おや、どうも」

　電話の主は、街外れのキャバレーの支配人で、彼はヘンリエッタさんに新作の舞台の広告を依頼しました。そうして、まだ見も知らぬヘンリエッタさんに、けれど大変期待するようにこう言い添えました。

「今回の新作を思いついたきっかけは、おたくの描いたポスターなんだ。あの鮮やかな雌鶏にインスピレーションを受けてね。主役は人間ではない、鶴なんだ。いやはや、うちの看板女優に踊らせようと思ってね。常連のお客が喜ぶに違いないから、ぜひ、うまい広告を頼むよ」

　まだぼんやりしているヘンリエッタさんが受話器を置くとすぐ、リリリと続けざまに電話が無遠慮に鳴りました。

「おっと」

　今度の電話主は、自分でかけていながら不思議そうに、こう礼を言いました。

「あんたんとこで、うちの飼い猫が世話になってるって本当かい？　びっくりしたぜ。なんたって、遠出の仕事から帰ってきたら、街中に張り紙があるんだからな」

　それから、感心した口ぶりで面白そうに言いました。

「あんた、画家だろ？　うちの飼い猫にそっくりだったぜ」

「ええ…………あら」

その時になって、ヘンリエッタさんははじめて何かに気がついたように、目もぱちくりと、明るい庭先を確かめました。すると、いつも通り素知らぬふりした雌鶏の隣で、どら猫がお宝でも見つけたように、いち早くごろにゃんと鳴きました。

永遠のディスカッション

「今月の議題は、日本国内での電子書籍の未来なの」

七瀬菜緒(ななせなお)は、久々に帰省した兄を囲んだ食卓で、意気揚々とそう報告した。

菜緒は、入学したての高校で有志メンバーによる自由討論会なる活動に参加している。年間を通して四度ほど選出される最優秀討論者には、全校生徒の前での表彰と、討論内容を発表する機会が与えられるのだ。

年の離れた菜緒の姉や兄も、学生時代には最優秀討論者に選ばれた過去があった。

「それで、我が妹の意見は？」

食後のコーヒーを淹れながら、兄は、わざと大仰な物言いでそう聞いた。彼は今、国際貿易関連の会社で働いていて、めったなことでは実家には帰ってこない。十五歳年上の姉も結婚したばかりで、父親も海外赴任中の七瀬家とあれば、今夜の夕飯は久方ぶりに豪勢だった。腕をふるった母親は、今、一番風呂を占拠している。菜緒は、少しだけ鼻息を荒くしながら、わざわざ英語でスピーチした。

「紙媒体の書籍もこれまで通りニーズがあるけれど、電子書籍が主流になっていくだろうというのが、私の意見よ」

菜緒がうんと幼い頃には、休日の食卓に家族が集えば、その時々に各人が興味深いと思える話題を持ち寄って、意見交換という名のディスカッションをするのが七瀬家の日常であった。けれど、菜緒が成長して、ようやく自分の意見を持ち始めた年頃には、姉や兄は家を出て行き、皆方々に忙しく、家族がそろって憩う機会などめったになくなってしまったのだ。年の離れた末っ子の、そんな心情を察してか、兄はリビングのソファに座り直して、

「へぇ、それでその根拠は？」

と、ずっと流暢な英語で返答して、その先を求めた。湯気の向こうで、兄の顔色は変わらなかったが、その口調は平素よりどこか愉快そうにも嬉しそうにも思えた。

「まずは出版不況という現実よ。国内の人の読書離れは年代に限らず著しいし、それにかわって、ネット環境の普及が急速に進んでいるから、電子媒体を扱うメディア産

業は電子書籍にかかわらず、ビジネスの裾野を広げて発展するわ」

　加えて菜緒は、現在の高校生以下のスマートフォンの普及率や紙媒体の書籍の在庫リスクなどをとうとうと取り上げて、自分なりの書籍の未来を予測した。途中、兄が、二つ三つ小さな疑問を挟んでも、すべからく隙のない答えを用意した。

「なるほど」

　兄は、妹の努力を認めてから、正直に言った。

「分かりやすかったけれど、今の意見は、結局のところ、菜緒でなくとも誰でも言えるものだ」

　菜緒はその言葉に、急に黙りこくって、兄を見つめた。兄はあからさまに憮然とする妹の前で、コーヒーを飲み干すと、これでお開きとばかりに立ち上がり、最後にきちんとコツを伝授した。

「ディスカッションをする意義と面白さは、その人間の想いと熱量に比例する。自分の意見を広く通したいなら、相手を感動させる発言の個人的根拠を明確にするべきだね」

　風呂上がりの母親がそのやり取りを聞いていて、後で兄に耳打ちした。

「あんた手厳しいわね」

兄は肩をすくめ、こう弁明した。

「ぼくらの両親ほどじゃない」

その後、菜緒は、リビングに残ったまま、兄の助言と自分の持論の欠点に思いを巡らせていた。背後のキッチンテーブルでは、いつの間にか、母親が晩酌をしながら、翻訳の仕事の残りを片付けている。冬には立派なこたつが登場する七瀬家のリビングには、四方八方に所狭しと本棚が並んでいて、そのどれにも各人の趣味と歴史が詰まっている。今でも、家族は皆よく本を買う。それらの手に取ることのできる一冊一冊に、過ぎてしまった年月分の思い出が色褪せてなお、変わらず眠っているのだった。


半月後の、自由討論会当日。菜緒は、これからの国内市場で電子書籍が主流にさえなりうる経済的メリットを述べたうえで、書籍文化の在り様は時代によってさまざまに変化しても、その需要を担う人々の書籍に対する要求と必要性は普遍的だとして、自身の家族との経験を一例にあげ、どのような形態だとしても文芸文化が人々の生活にかけがえのない豊かさをもたらすことが大切なのだと持論を締めくくった。結果は辛くも最優秀賞を逃したが、電話で報告した際、家族は、皆それぞれに喜んで、健闘を称えてくれた。とりわけ、兄が誇らしげに十分な感動を人に与えうると賞してくれたので、菜緒は満足だった。

季節をさがして

季節のなかで、秋がいちばん、はずかしがりやでさびしんぼでした。
春　夏　秋　冬

夏はひとりっきりで長い仕事を終えました。
空からは、入道雲が去っていきました。
威勢のよかった太陽も、じりじりと大地を照りつけるのをやめました。
もうすぐ、季節の変わり目です。
自分の出番を感じて、秋が弱々しく、言いました。
「ねえ、ねえ、夏さん。ぼくと一緒に、もうちょっとここにいてくださいな」
「なあに言ってるんだい。夏のぼくがいたら、季節はいつまでたっても夏のまんまじゃないか」

夏が、そうはればれと言い切るもんですから、秋はちょっとすねて言いました。

「だって、木枯らしさんは少しいじわるなんですもの。あっちから吹いたと思えば、知らぬ間にそっちから吹いて、いつも自由気ままでいらっしゃるから、ぼくは、てんてこまいなんです」

夏を引きとめるためとはいえ、秋は少しうしろめたくなりました。夏は、そんな気の弱い秋のことなど気にせず、からっとして答えました。

「じゃあ、おまえさんが、夏になるかい？　夏には、台風がくるんだぜ？　あらしにかみなり、雨あられ。反対に、日照りの日には、雨はからっきし降らない。かと思えば、いきなりの夕立さ。どうだい？　夏になるかい？」

秋は、黙ったまま、顔を青くしました。

夏は、夏が終わってもなんだか、堂々としています。

「では、おまえさんのあとにくる、冬にでも頼んでごらんよ」

夏がそう言い残して、空の向こうの山の峰のはるか向こうに、飛んで行ってしまうのを、ずいぶん長いこと見送ってから、秋はそっと肩を落としました。

秋が肩を落とすと、道端に落ちる影が長くなりました。

冬に頼もうとしたことはこれまでもあるのです。

けれど、冬の凍てつく眼差しに見つめられると、秋は気後れしてしまうのでした。

それに、冬には雪が積もります。凍える吹雪の中を、ひとりっきりで過ごすなど、秋には、考えられませんでした。

ほっと、ため息をついて、秋は物思いにふけりました。秋がため息をつくたびに、木の葉が金色に色づきます。

「夏とも冬とも、いっしょにいられない。それなら、春はどんな季節なんだろう」

秋は、春を知りません。出会うことがないからです。

秋は、ひとりの寂しさを紛らわすように、ほっほ、ほっほとため息をつきながら、見知らぬ春に、想いを馳せました。そのたびに、山々が、赤く黄色く色づき出しました。

そして、銀杏やつつじや桜並木に、春のことを聞いてまわりました。

秋の胸はそのつど、高鳴りました。なぜなら、みな、口をそろえて言うじゃないですか。

「春はとくべつなんですよ」

とくべつ、とくべつ、とくべつだって。

秋の胸が高鳴るたびに、たわわに実った木の実が、ころんころんと落ちました。

と、せっかく色づいた木の葉を、蹴散らさんとばかりの勢いで、彼方から木枯らしが吹いてきました。

「やいやい、木枯らしさまのご登場だ！」

秋の相棒のように肩で風を切って、木枯らしが勢いよく、吹き荒れます。

けれど、秋の様子は、いつもと違いました。

「どうしたんだい」

ぴゅうと口笛を吹いて、木枯らしは不思議そうに秋に尋ねました。

「………ぼくね、春に会いたいんだ」

「こりゃまた、変わった話だね」

木枯らしは、はてと首をかしげます。

秋は遠くでも近くでもない、どこか深い深い場所を見つめていました。

会いたいという想いは、そのどこか深い場所から、泉のように湧き出でて、次第に秋の胸をあたたかくするようでした。

けれど、どうしてでしょう。わけもなく、胸があたたまればあたたまるほど、かなしくも感じるのです。

さびしんぼの秋はとうとう我慢できずに、ほろりほろり、泣き出してしまいました。秋が涙を流すたびに、野原のすすきとコスモスがふるえながら、こうべをたれていきました。

あんまり秋が泣き止まないので、木枯らしは、秋に昔にきいた話をしてやりました。

「では、春一番に頼みにいこう。彼が春を連れてくるって噂だよ」

「春一番?」

「そう、おいらたち、風の仲間の中でも、名の知れた風さ」

春一番は、森の奥深く、大きな湖の底で眠っていました。

春一番は、秋などという場違いな季節に起こされて、たいそう機嫌が悪いようでした。春一番が喋るたびに、暗い湖面が静かに荒だたしく波たちました。

「おまえの役目はどうした」

春一番の低く荒々しく呻る声に、秋は木枯らしとともに怖じ気づいてものも言えません。こんなふうに厳しい態度で吹いてくる風を秋は知りませんでしたから。

春一番は続けました。

「たけった夏をおさめ、生きとし生けるものに、冬の寒さをしのぐ準備をさせるのが、秋の役目であろう。それなのに仕事を放り出して、春に会いたいとは何事だ。秋は春には会えんぞ。それが季節の習わしだ」

森がざわめきました。

はっとして、秋は、そのざわめきが木々や獣たちの惑いや不安なのだと気づきました。

ああ、春一番のいうことは本当です。

秋は、その時、自分自身を知りました。

そうして、自分の役目を果たすために、古い相棒である木枯らしに、

「帰ろう」

と、言いました。

春には逢えないけれど、自分の胸は寂しいままだけれど、そんな寂しさを持った季

節が秋そのものなのです。


木漏れ日が、もみじと一緒に、川に流れていきました。

山里で、どんぐりも柿も栗も、わんさかわんさか実っています。

野兎も狸も、鹿も熊も、いそいそと冬支度を急いでいます。


やがて、冬が、初雪とともにやってきました。

冬は相変わらず鋭いまなざしでしたが、珍しそうに秋を見つめ返しました。

秋が満足そうだったからです。

仕事をやり終えた秋はにっこりして、冬に言いました。

「じゃあ、冬さん、よい季節を」


秋は落ち葉が土にかえるように、地面の奥深くにもぐって、眠りにつきました。

こんこんと、どれほど眠ったことでしょう。

それは、夢だったのかもしれません。

秋は目が覚めました。

季節は、夏でも冬でもありません。

それは秋の知らない季節でした。

けれど「やっと会えた」と、知らない季節は嬉しそうに言いました。なんだか懐かしい気持ちがして、秋もやっと会えたと思いました。

「ずっと、あなたに会いたかったんです」

そうして、二つの季節は夢の中で、いつまでも微笑みあっていました。

薔薇の心

トムは、息せき切って、森を駆けていた。
片手には、淡い色のリボンが握られている。
きっと、同じ色の目をしたあの子に似合うだろう。
「ちょっと、どこ行くの？」
トムが振り返れば、そこには、野薔薇の精がいた。
彼女は、自分の庭を踏み荒らされて、お冠だった。
トムは、急いでいたんだとだけ言って、謝った。
それが、よけいに野薔薇の精の、気を引いた。
トムは、ドキリとして、片手を引いた。
野薔薇の精は気づかぬふりをしてあげて、こう言った。

「いいわ。じゃあ、かわりに、目を閉じて」

「どうして？」

トムは、まだドキドキしたまま、間抜けに聞いた。

木漏れ日を浴びて、野薔薇の精の瞳が、小さくきらりと光った気がした。

「まぁ、あなた、キスもしたことないの？」

不機嫌そうな薔薇の精を前に、トムはそっと目を閉じた。

それは、ほんの数秒だったが、次に目を開けると、野薔薇が一輪、足元に折れていた。

トムは、なんだかいたたまれなくて、つぼみのままの野薔薇一輪に、リボンを巻いて、あの子のもとを訪れた。

あの子は、野薔薇なんてもらったことがないと言って、大変喜んだ。

「リボンも、つけてみたら？」

と、トムはそわそわしながら、うながした。

「あ、いたい」

あの子が、リボンを解こうとすると、野薔薇の棘が白い指にあたってしまった。

つぅっと、淡い色のリボンに血が滲んだ。

「ごめんよ」

トムは、驚き、駆け寄った。

「ぼくが、野薔薇にリボンを結んだばっかりに」

トムが夢中になって謝っていると、あの子がはっとした。

トムも気づいた。

淡い色の瞳が、そばできらりと揺れた。


それから、四日目に、野薔薇は綺麗に咲いた。

書　名			
お買上 書　店	都道　　　　市区 府県　　　　郡	書店名	書店
		ご購入日	年　　月　　日

本書をどこでお知りになりましたか?

1.書店店頭　2.知人にすすめられて　3.インターネット(サイト名　　　　)

4.DMハガキ　5.広告、記事を見て(新聞、雑誌名　　　　)

上の質問に関連して、ご購入の決め手となったのは?

1.タイトル　2.著者　3.内容　4.カバーデザイン　5.帯

その他ご自由にお書きください。

(　　　　)

本書についてのご意見、ご感想をお聞かせください。

①内容について

②カバー、タイトル、帯について

弊社Webサイトからもご意見、ご感想をお寄せいただけます。

ご協力ありがとうございました。

※お寄せいただいたご意見、ご感想は新聞広告等で匿名にて使わせていただくことがあります。

※お客様の個人情報は、小社からの連絡のみに使用します。社外に提供することは一切ありません。

郵便はがき

料金受取人払郵便

新宿局承認

7552

差出有効期間
2024年1月
31日まで
(切手不要)

160-8791

141

東京都新宿区新宿1－10－1

(株)文芸社

愛読者カード係 行

ふりがな お名前		明治 大正 昭和 平成 年生 歳
ふりがな ご住所	□□□-□□□□	性別 男・女
お電話 番 号	(書籍ご注文の際に必要です)	ご職業
E-mail		
ご購読雑誌(複数可)		ご購読新聞 新聞

最近読んでおもしろかった本や今後、とりあげてほしいテーマをお教えください。

ご自分の研究成果や経験、お考え等を出版してみたいというお気持ちはありますか。

ある　ない　内容・テーマ(　)

現在完成した作品をお持ちですか。

ある　ない　ジャンル・原稿量(　)

この指とまれ

赤ちゃんが眠りながら、お母さんの指を握りしめているのを見て、上の子が張り切って言いました。

「わたしも、ママの指に止まったわ」

お母さんは、「シイ」と小さくたしなめながら、何のことかと聞きました。

すると上の子は、なんだか誇らしげに、答えるのです。

「神さまがね、生まれたい人の指に止まりなさいって言うから、わたしはママのところに一番にかけて行ったのよ」

そんな話も、姉妹で遊べるようになって、いつの間にか上の子はすっかり忘れてしまいましたが、お母さんだけはいつまでも覚えているのでした。

遊び

「かけっこしたいもの、この指とまれ」

休み時間になると、教室のどこかで、かけ声があがります。

「はい、はーい。わたし、やる」

「ぼくもぼくも」

もう誰が誰の指先を目指しているのか分からぬままに、大きなおだんごになって、友だちは皆で校庭に遊びに出ていきました。

教室の隅で乗り遅れたたけるくんは、帰り道に、そっと右手の指先を出して、声に出して呟いてみました。

「かけっこしたいもの、この指とまれ」

すると、どこからか、道端の風が聞きつけて、たけるくんの指にとまりました。

たけるくんは嬉しくなって、家までの道すがら、風とかけっこをしながら家路につきました。

あの日

ぶらんこが風に揺れていた。

せいじは、勢いよくかけてきて、片方のぶらんこに飛び乗ると高くこいだ。

もうじき陽が暮れ出すだろう校庭には、ほかに誰もいなかった。

ぐんぐんと、いつになくぶらんこは調子をあげて、弧をかいた。

せいじは、ひゅっと尻が浮きそうになるたび、おっかなくなりながらも夢中でこいだ。蹴って、伸ばして、曲げて、伸ばして。

いつのまにか、もう両足でこがなくても、ぶらんこはせいじを軽々と高い空へと近づけていた。せいじも、もう怖くもない。

風が、ぶらんこを押した。ふっと、せいじのからだがぶらんこから離れた。落っこちるとせいじは思わなかった。からだは宙に投げ出されたままだったから。

高い場所から、誰もいない校庭とそばの通学路が見えた。
道路には、大きな車と知らないおとなたち。
あれは、救急車とパトカー。
けれど、ずいぶん高い高い場所までやってきて、やがて何も見えなくなった。
陽がゆっくりと傾いていく。
ぶらんこが、あの日、風に揺れていた。

透明だった時代

雫のように
風のように
こだまのように

吹きつけ　響きわたり　流れ込んで
そうして　いつか
わたしは　わたしをかたどった

嵐のように
雷のように

大地のように

荒れ狂い　駆け抜け　立ち塞がって
それゆえ　あの日
わたしは　わたしを打ち捨てた

透明だった時代に
耳をすませば
限りないばかりの親しさと
あらゆる種別の寂しさが
無知なるもののために
友のように
母のように
父のように
姿を変えて　今でも　豊かに渦巻いている

この世

小鬼が歩いていますと
目玉が落ちていました

もう少し、歩いていけば
今度は、腕と足がありました

小鬼がおっかなびっくり
それでも進んでいけば
人の子がふり向いて、言いました

「ちょうど良かった、あなたも遊ぶ？」
その手に握られた角の生えた人形を見て
小鬼は泣きながら
地獄へ帰っていきました

差別

白と黒とが喧嘩して
あなたとわたしになりました

夫婦になってもいつまでも
喧嘩が絶えぬというのなら
わたしたちを差別しているのは、もういっそ
呆れ果て疲れ果てた愛の方かもしれません

あの世の言い分

まったくのどりの悪い※天使に、神さまはこう言いつけました。

「地上に降りて、その世で何を持つことが一番幸せか、尋ねておいで」

そんなこんなで翼をちょん切られて地上に降ろされた未熟な天使は、それからたまたま出くわした者に、仕方なく順繰りに問うていきました。


青年ははにかみながら、愛だと答えました。

貧乏人は労働に追われながら、金だと答えました。

老人はどこぞを眺めながら、憧れだと答えました。


天使が天界に連れ戻されると、神さまは「よろしい」とだけ言い、それでも、天使がまだどうにもぼんやりしているので、神さまは呆れながらも微笑んで、こう諭しました。

「おまえが聞いてきた者は、みな同じ人間だったのだよ」

ほうっと幼い目を見開いた天使が、あの世の理の大変不自由なわけを知った時、どこからともなく羽ばたきが聞こえて、その背に小さくも見事な翼が生えました。

※のどりの悪い……わかりやすく説明してもらわないと、すぐに合点がいかない

白鳥と木こり

月もない夜半に、髭面の大男が足音も立てずに藪を抜け、深い森のさらに奥へと分け入っていた。息を殺し、身を低くかがめ、人目を忍ぶような姿はまるで盗賊のそれであった。

いや、事実、まだ誰にも知られていないことだが、彼は盗人であり罪びとであった。

この森に流れ着く道中の街々で、彼は通りすがりの商人から金の入った革袋を盗み、人気のない民家を漁り、貴婦人や老人の乗った馬車を襲い、苛立たしいという気分から、名もない浮浪児たちを殴りつけた。決まった仕事など持たず、腹が膨れれば今度はもっとうまく盗む方法をと、血走った眼で考えた。

警棒に当たれば、それはツキがなかっただけのことで、物事を深く見定めるなんてことは男の柄ではないのだった。

来る日も来る日も、街に潜んだ一介の盗人を裁くものは現れず、彼は、貧しく懶惰(らんだ)な暮らしの中で、己の生をまっとうしていただけだった。その日まで——。


その日は存外、運が良かった。

珍しく羽振りのいい懐から頂戴した金で買った酒は、大男の気を常よりもっと大胆にし、また不寛容にした。

「ねえ、旦那、男前だねぇ、ああ、いい腕だ、たくましい腕だよ。ほれぼれしちまう」

その晩、その通りをふらつくものは他になかった。

大男は、はたと出会った客引きの女にしつこく絡まれた。

客引きは甘い言葉を囁きながら、足止めしようとしなを作って、大男の身体に手をそれとなく這わせた。大男は自分の懐の大金をまさぐり当てられると思ったとたんに、客引きを怒鳴りつけ、思い切り跳ね飛ばしてしまった。

予想外だったのは、客引きの方かもしれない。

ちょいと機嫌が良さそうな客に声をかけただけなのに、思いもしない仕打ちを受けて、客引きは面食らった。たったそれだけのことだったが、その扱いが客引きの胸底にみじめったらしさを誘った。

（こちらとて商いさ、有り難がるのはおまえの方さね。お世辞の一つや二つも言ってやって、女のやわい腕に触れられたんだ。そうでなきゃ、おまえみたいなブ男の大男なんざ、誰が相手にするものか）

客引きは、まだ足りぬとばかりに、それからいくらかも汚く罵って、路上に唾まで吐いた。

けれど、こんなこともまた気にしなければ見慣れた光景なのだ。

大男がしたたかに酔っていなければ、その日はそれなりに運のいい日で終わったはずだった。けれども大男は、酔って赤い目を、賢しらに吊り上げた。この髭面の大の大男が、自分のわずかなりとも見栄えのよくない醜い容姿を、ささやかにでも他人に告げ口されることが耐えられず我慢ならない性分であったと天上の神々以外に誰が知ろう。

天上の神々でさえ、こんなふうに醜く知恵もなく、また適当な信仰を持つための思い入れさえ持たない大男を終生、変わらず愛したものはいかほどもいなかった。大男は、神のかの字も生まれてこのかた、たとえはしかで死にかけた時にでも呟いたことがないというのに。そんな大男の脳内で、今しがた味わった苦虫を噛み潰したような胸糞の悪い気分と酒とが回って、いつものように、つい沸き上がった激情を握りこぶしに振りかざして、客引きを殴りつけていた。殴りつけるだけでは収まらず、たまたま腰にさげていたナイフで、彼女の右のわき腹を一突きにした。

はっとして我に返ったが、時すでに遅く、大男の眼前で、客引きの女は苦しみうめきながら、暗い地面に転がっていた。

大男は、それまで人殺しなど考えたことなぞなかった。腰のナイフは、ねぐらにしている納屋の足台が腐ってきたので、縄を編んで新しくしようと、三日前に手に入れたものだった。まさか、人を殺めんとは！

彼ははじめて、己が恐ろしくなった。人を殺めたこと、その行為への残虐性へではなく、人を殺めたかもしれないのにもかかわらず、何一つ変わらず、いまだ己が平然とこうして生かされていることへの現実におののいた。

大男を裁くものは、いない。誰も、見てなどいない。

暗い通りは暗いまま、大男の目の前をどこまでも続いている。

常習的な盗みを繰り返しているだけだった大男も、無論どこかに、程度は低ければど罪の意識は感じていたのだ。けれど、その罪の意識を正しく機能させるべき良心が彼には欠けていたし、また育む機会さえ、永遠に訪れることがないようだった。

客引きは悲鳴を上げなかった。

闇夜はすべてを隠し、すべてを覆った。

鳥の目も獣の目も、あまつさえ神の目も、大男のもとには届かない。

彼は、その足で街を出た。

図体のわりに、逃げ足は速かった。

その時から、彼は、罪びとになった。

誰も、何も、知らない。彼を咎めるものに出会わない限り、彼は自らを盲目的に赦し続けただろう。


月は出ていなかった。

森の巨大な影は、大男の姿をすっかりとくらました。

辺りの茂みにこだまするのは、人外たちの気配ばかりである。

闇間に目を凝らし、寒さと空腹と不安から、大男の両の目はらんらんと光っていた。


ふと、行く手の木々の谷間に、人家と思しき小屋が見えた気がした。

大男はちょいとふらつきながらも、転がる熊のように一目散にそちらに駆けた。

たどり着いた粗末な小屋に明かりはなく、扉を不用心にたたけど人の気配さえなかった。

大男の手には、ナイフが握られている。もう一度、扉をたたいた。けれど、大男が乱暴な手筈で侵入してもなお、小屋の持ち主はうんともすんとも、答えなかった。それもそのはずだ。いつからかは知らぬが、その小屋の主であったろう木こりの老人は、彼の寝台で眠るように冷たくなっていたのだった。

大男は、亡骸の前に立った。

もちろん彼は、このような時にたむける思慮も作法も持ち合わせてなどいない。

だからいつものように、大男はさっそく慣れた手つきでそこいらの棚や衣装箱をありったけ漁ってまわった。木こりは長い間一人で住んでいたのか、持ち物が少なかった。けれど、大男が当分の間、身を潜めて生きていくには十分なだけの蓄えや資材がそろっていた。

大男は煤ばかりの暖炉に火をくべて、朝を待った。

ぷうんと死臭が漂った。

だから、夜が明けて一番に、大男は木こりが切ったであろう薪で、木こりを燃やした。薪は勢いよく燃えた。朝まだきの空へ立ち上る煙の周りを、起きたばかりの野鳥どもが、しげしげと旋回している様が見えた。

大男は街を出た時と変わらぬ、いやそれよりもっといやしい髭面でみすぼらしいなりをしていた。その盗人であり罪人でありならず者は初仕事を終えて、ふいに思い至った。

――俺が、木こりだ。

それから、誰も知らないうちに、大男は木こりとなった。


森に日がな、カーン、コーン、と斧が振り下ろされた。

それからしばらくして、古い大木が地鳴りのような音とともに倒れるのだった。

木こりは大木に縄をつけ、自ら運んだ。

木こりになった大男は髭を剃り、深い森の奥でひっそりと独り、せっせと薪をこさえた。彼は大した力持ちだったので、誰に教えられずとも、困ることはなかった。

鬱蒼と広がるとばかり思えた森の地理も大分分かってきた頃に、小屋に見知らぬ少年がひとりで訪ねてきた。少年は薪買いで、ここから一昼夜歩いた小さな町から来たと言った。それから、大きな街に出て、薪を売るのだとも言った。

木こりは、たかだか一昼夜歩いた場所に町があることに内心驚いたが、少年は、自分しか小屋に来るまでの山道を知らぬと言った。誰にも教えられぬ、ここは自分だけの稼ぎ口なのだと。木こりが何もせずにいると、少年が小屋の中を思案げにのぞき見しながら、いつものじいさんはどこかと聞いた。

木こりは平然として、

「俺は、あいつの甥だ」

と、答えた。そして、もう長くなかった叔父からこの小屋を引き継ぎ、自分が木こりになったのだと説明した。それから、叔父より少年のことは聞いていなかったが、なぜ今頃訪ねてきたのかと問うのだった。少年は、木こりの話をすんなり受け取って、肩をすくめて、わけを話し始めた。

半年も前より、先代の木こりの老人から、もうここには来るなと告げられたこと。

彼が、自分は病にかかっており、もう木を倒し、薪をつくることはできないと話したこと。

それから当分の間、音沙汰もなく、薪を買いに森にも入らなかったのだが、ある日、空高く灰煙が上るのを見たという少年は、気になって、小屋の様子を見にきたというのだった。

最後まで聞き終えた木こりは、親し気に少年の肩をたたいて、心配いらないと持ちかけた。

これからは、自分が薪を割ろう。

少年はその取り引きに、とっさに喜びかけたが、彼もまた商人のはしくれである。次には、一体いくらで売ってくれるかという、疑いの目つきになった。

木こりは、少年が言葉を選びながら遠まわしに確認したいことが、すぐに分かった。

ここの森の木は、軽くてよく燃えた。きっと街ではそれなりの値段で売れるのだろう。木こりは、言ってやった。

「この小屋までの道を、俺にも教えてくれたなら、先代よりも安く売ってやろう」

少年は、今度こそ気乗りしないようだったが、背に腹は代えられぬようで、木こりを、自分の町の外れまで案内した。

町の外れがのぞめるところまでたどり着くと、木こりは今来た道を少年を連れて、山の中腹まで戻った。途中、張り出した岩と大きな切り株の根が乾いた土を盛り上げている場所に来ると、彼ににべもなく言いつけた。

「この切り株の根元に俺は壕を掘る。ここに薪を運ぼう。おまえはここから薪を持っていけばいい」

薪買いの少年は何も言わなかった。

なぜとも、問わなかった。

彼は、木こりの大男が日も傾き始め一段と鬱蒼とした獣道を、その木々と茂みの影に紛れ込むようにして分け入っていく姿をただ見ていただけであった。

どこかで何かが遠吠えた。

ふとして、もうそこには少年も木こりもいなかった。

昼がくれど夜がくれど、森は自身の影を抱いていた。

月日は、ひそやかに過ぎて行った。

木こりは、木を切り、薪を割った。しばし、自分が研いだ矢じりで、弓矢をつがえ、野兎や小鹿を狩った。薪買いの少年は、言いつけた通り、小屋まではこず、木こりが新しく掘った壕に、薪代を置いていくようだった。

木こりにとって、そのわずかばかりの金はあまり用をなさなかったが、ただひとつ、薪買いの少年が商いに出た街々で、木こりの身の上を、あちこちに噂しないかが気がかりだった。一度見ただけでも、人は案外、他人の顔を忘れない。

また、その顔がことのほか醜いのなら、なおのこと。

だが、そう思うならばなぜ、自分は薪買いの少年を雇ったのか。

すっと、身に迫る風の匂いが、湿ってきた。

夜が来る。今夜もまた、新月だ。

木こりが、ふらっと小屋へ戻ろうとした時、すぐ傍らで鋭い遠吠えがあがった。野犬だった。木こりは、ナイフと斧とを構えて、辺りに目を凝らして耳を澄ませた。

その日は、運が良かった。

罠にかかった若い狐を仕留めたばかりか、野鴨を二、三羽打ち落とした。だから今夜、木こりの大男は野犬のごときは、簡単に始末できると思ったのだった。

きらりと、手元のナイフが鈍く光った。

木こりは、小さな角灯をひとつ携えただけで、夜闇にゆっくりと沈みゆく茂みにわけ入っていった。


どれほど追ったか。

角灯の油もしまいに切れた。どこぞから湿った風がさざめいて、もう野犬どもの気配も足音も、聞こえない。

辺りはいつの間にか、張りつめたように、静かであった。

今や木こりが立つ深い森の行く手には、広い湖が巨大な口を開けて、ほの暗く佇んでいるばかりだ。水辺が近いためか、木こりはぶるりと震えたった。いや、寒さのせいだけじゃない。

　どこぞから、何かに見られ、まるで見つめられているような、不思議な予覚がして、木こりはうろたえながらも、油断なくぐるりと四方を見渡した。

　すると、遠目に湖の端が、確かにぼうっと光っている。抜き足差し足、息を殺して慎重に近づけば、それは、群れを外れて罠にかかった、季節外れの一羽の白鳥であった。白鳥は、身じろぎもせず、こうべを胴に寄せて、ひどく傷ついているように見えた。

　正体が分かってもなお、なぜか、先ほどのえもいわれぬ感覚は、消えなかった。

　木こりは、すげなく素早くナイフを掲げた。

　どこを仕留めれば獲物を狩れるかは、ここいらの生活で、もはや身体が教えてくれるようだった。街では街のごとく、森では森のごとく、己は己がなじむことをするまでだ。

　と、動かぬように思えた白鳥が、ふいに首をもたげた。目が合った。

　木こりを見上げるかのようなその小さな瞳は、無論慈悲を乞うことなどなく、ただ眼前の一切の闇をうつし取っているかのように、暗く黒かった。

その無垢な闇に、木こりがうつっている。

木こりは、今度こそ、はっきりと背筋が震えたのが分かった。ぐっと、手元の柄を握り直す。そうして、その首をめがけた。


とぷん。

と、静まり返っていた湖面を、しぶきが波打って、木こりは我に返った。

勢いで滑ったナイフが手元から抜けて、落ちたのだ。

はて、白鳥はまだこちらを見ていた。罠が巻き付いた羽は、多くの血が滲んでいる。

辺りは相変わらず鬱蒼として、木こりの息つく音だけが荒く響いている。彼は、もう片方に斧を持っていたが、斧を血で汚したい気分ではなかった。

空に月はなく、足元の湖には、底冷えする深淵がただ広がっているばかりだ。

一体、他に誰が知ろう。

木こりは、斧を振りかぶって、罠の元を断ち切った。己が、何をしようとしているのか、彼にもよく分からなかった。ただ、木こりを見ているものが、あったのだ。

さて、薪買いの少年は、街で薪を売っていた。今時分が、一番のかきいれ時だ。

彼は、木こりの言う通り、木こりの新しく掘った壕から薪を買った。けれど、少年は頻繁に木こりの住む小屋の近くまで、足を運んでいた。というのも、木こりの小屋の裏手には崖があり、李や山葡萄のなる木がよく生えていて、彼は忍んで行っては、ちょっとした駄賃のかわりに木の上に登ったままで、それらを頬張るのが楽しみだった。

あの大男が叔父という先代の木こりは、少年の素行に勘づけど、知らぬふりを通した。今度の大男は分からない。もしかすると、盗んだというかもしれない。

あの新しい木こりの大男は口ぶりこそ、当たり障りないが、どこかいちもつありそうな目をしていた。いや、身なりにかかわらず、多かれ少なかれ、人は誰彼の弱みにつけこんだりするものだ。だから、薪買いの少年は何も告げず、ひそかに小屋の脇を通って、目的の場所を目指した。

その日、小屋の窓をのぞいたのは、たまたまだっだ。木こりは留守だと思っていた。

薪買いの少年は、粗末な寝台の上に光るものを見て、目を見開いた。そうして、今しがた垣間見た光景の奇妙さを訝しみながら、そそくさと町への道を引き返した。

それから、やがてとっぷりと陽が暮れた。

木こりが手負いの白鳥を連れ帰って、もう幾日だ。木こりにはなすべき術もなく、白鳥は、日に日に弱っていくだけだった。彼はこの数日、木を切りに森へと入らなかった。薪も割らなかった。わずかな食料と自ら狩った獲物の干し肉とで腹を満たすほかは、斧や矢じりの手入れをし、それさえも寝台の上がどうにも気になって、あまり手につかなかった。白鳥は、はじめて見つけた時のように、幽(かす)かにそのからだを発光させている。けれど、その奇妙で不可思議な光も、だんだんに弱くなれば、おっかなさも薄れるというものだ。

白鳥は、日に何度か、首をもたげた。

なにかを請わんとするように思えて、やはり、その目は小さく黒いだけだった。

木こりは、どうも胸くそが悪かった。妙な胸騒ぎが、一日中ついて回った。そんな気分を晴らすかのように、木こりは粗末な寝床の藁をかえ、水を運び、木の実をつぶし、小屋の窓を開けた。

大方の手は尽くしただろう。木こりは世話に飽き飽きとし、また、疲れ果てて、やがて自らも寝台の端で、眠りについた。白鳥は相変わらず微光を放っていた。


小屋の夜は大変静かであった。

木こりは夢を見た。

遠く、まだ幼い日の夢だ。

彼は今と同じように、多くを持ってなぞいなかった。けれど、彼を呼ぶものがいる。

「ヨハン」

名を呼ばれて、ヨハンは振り向いた。と、すぐにその頬に平手が飛んだ。大きな力の強い大人の手のひらだ。ヨハンは、無様によろけたが、転びはしなかった。痛みに耐えていると、もう一度、名を呼ばれた。今度は、拳が飛んだ。

ヨハンの前に立ち塞がったのは、彼の母親だ。ヨハンは、決まり切ったことのようにそろそろと今日の稼ぎを薄っぺらい懐から差し出した。町で、盗んだ金だった。彼女は慣れた手つきで数えあげると、不満げに舌打ちまでして、さっさと飯を食いなと言いつけた。

光もろくに差し込まぬ部屋の、不清潔で狭いだけの食卓にはうすい粥と、兄妹らがかしこにひしめいている。皆それぞれ、母親の子だが、父親が違えば当たり前のように顔は露ほども似てなどいなかった。

奥に、酒浸りの背の高い、頬のこけた男が汚い足をあげ、うろんな目を向けていた。その傍らには、食事用には不必要に大きなナイフが、これみよがしに見え隠れしている。その風貌は、あてのない女の目には、あるいは頼りに見えたかもしれない。

母親があんたと呼んで、酒を注ぐ男を、ヨハンは知らなかった。

母親は稼ぎがいい時には、機嫌がよく、皆を可愛がった。「なんて、いい子たちだ」と口ずさむこともある。そうなればヨハンは、常に大変不出来な子どもだった。彼は、図体がでかく足さばきはいいが、盗みとなれば、大抵ヘマをする。他の子と一緒の時なぞ、それが顕著に見て取れた。何度しつけられてもヨハンは、物事を観察し、多くのことを瞬時に考えることが苦手だったのだ。

加えて、ヨハンは幼い時より、あんまり見目が良くなかった。良くも悪くも他人の印象に残る顔だちなど、この際、タチが悪いだけだった。母親は、ヨハンの持って生まれたはた目にも乏しいと思える才能を、その実、足手まといと厭(いと)っていた。そのしがない心境は、日頃より目の端々に立ちあらわれていたのかもしれない。ヨハンは、自覚こそ強く持たなかったが、家の中で自分の無能さと醜い顔へ言外に向けられる、村八分のような視線が怖かった。

とはいえ、あらゆる貧しさのほかに、彼に与えられるものは他になかった。

背の高い頬のこけた男はそれからも頻繁に彼らの住み処に出入りし、母親の目を盗んでしとどに酔えば、ヨハンらに、己のこれまでの手柄やうまいやり口などを景気よく教えてやらんとするのだった。

彼は常にナイフを持ち歩いていた。まるで何かに怯えているかのように。

その日、ヨハンは住み処に帰ってきたばかりだった。他の兄弟たちは、まだそれぞれの縄張りに出払っていた。ヨハンは、戸口で母親の悲鳴をきいた。

母親は、食卓の傍に倒れていた。見れば、背の高い頬のこけた男が有り金を奪って、狭い窓から逃げ出さんとするところだった。ヨハンは、男と目が合った。

男も子どもなぞ捨て置いて、さっさと逃げればよかったのだ。だが、男の中の何かしらの怯えが足を止めさせた。殺される、とヨハンは直感した。

逃げ足だけは早いヨハンも、とっさのことに身動きができなかった。

立ちすくむヨハンに男が迫った。

その背後で大きな影が動いた。

鈍い音がひらめいて、背の高い頬のこけた男は床に崩れ落ちた。母親だ。

彼女は、背中を何度もナイフで深く切りつけられていながら、渾身の力で護身用の斧を男に振り下ろしていた。二度目の一撃は、男の頭を割った。

力尽きて、彼女は再び倒れた。

「ヨハン」

と、呼ばれた。ヨハンは、膝をついた。身を十字に切り裂かれんほどの恐怖と悲しみが彼を襲った。――「誰か」とヨハンは胸のうちで叫びたかった。

「ヨハン」

と、母親はもういくらも見えない目で息子を探した。ヨハンは、震える声で母の名を呼んだ。

彼女は、まもなくヨハンの姿をそのまなざしに収めて、息を引き取った。

その膝元で、ヨハンは己の存在が二つに割れてしまったと感じとり、その一方が急激に力を失っていくのを感じた。灯（ともしび）を消され、茫漠と漂うしかない影のように。

そうして、割れてしまった一方を失ってしまった実感は、その日からもう二度と蘇ってはこなかった。

ヨハンは大人になった。

無知で、愚かで、頼るべき何ものをも持てない、誰もしらない大男になった。

身に迫る恐怖には、暴力で対抗した。

彼の眼前は、いつまでも暗いままだった。


木こりは目が覚めた。

ぼうっと目の前が明るかった。

陽が高いせいではない。それは、白鳥だった。不思議なことに、白鳥は一層、強い光に包まれていたが、木こりにはなぜか、今まさに尽きようとする儚い命の律動が、手に取るように分かった。木こりは震えた。それは、まるで木こりの命こそが儚く震えているかのようだった。

木こりは、白鳥をその身に寄せた。そうして、太い粗野な腕で抱きかかえた。

白鳥の黒い瞳は死の淵にあって、無垢なままだった。その闇に、木こりがうつりこんでいる。その小さな命の天秤の上にのせられたものは、木こりのものとそう異なるものだったろうか。

永遠のような、つかの間が流れた。

——ヨハン。

どこからか呼び声が、届いた。とても深い場所から——

木こりが、己の持つ数少ないものをその胸のうちで分かち合ったものは、今、天に召された。

「神よ」

木こりは、我知らず祈りを呟いていた。と同時に、その祈りのために決定的に欠けているものの存在を知った。

小屋の外は明るかった。

己は、罪人だ、とヨハンは悟った。

あれから、薪買いの少年は、薪を買いに森へと赴かなかった。なんとなく気が向かなかったのだ。

少年が手持ち無沙汰に町をぶらついていると、流浪ものの女と出くわした。その若くもなく、一瞥すればはしたなくも見える身なりの女は、とある男を探しているという。髭面のひどく醜い大男だと、恨めしそうに彼女は深くかぶった頭巾の下からささやくように話した。薪買いの少年は厄介ごとなど御免だと思い、しらを切った。しかし、女はその場を離れようとする少年を逃がすことなく、その耳元でささやいた。

「おまえ、あの森で薪を買っているのかい？」

流浪ものの女はもう幾日も前から、町に潜み見ていたのだ。

町のどこかに人の賤しい弱みを覆い隠す、暗い茂みがないのかを。

薪買いの少年に大きなたいまつを持たせて、流浪ものは森を進んだ。

小屋に木こりはいなかった。そこには、何もかも失ったみじめな客引きの女が逆恨みした、髭面の大男が、自身の過去を背負って佇んでいた。

森に、とばりが下りていく。誰しもの人の足元には、長い長い影が伸びている。

小屋の周りに生い茂る木々は、空に向かって開けていた。

空には、月が出ていた。月は欠けて、大きかった。


ツキがなかっただけだ。最初に上がったのは、流浪ものの女の悲鳴だった。鋭い遠吠えが聞こえた。とたん、獰猛な気配が八方から一気に駆けつけ、彼らに襲い掛かった。女が外套の下に隠し持った銃が暴発し、野犬どもが逃げ散ってしまうまで、惨劇は続いた。

薪買いの少年は、掲げたたいまつの向こうに、怯えて立ちすくんだまま、すべてを見ていた。無数の牙に襲われた女は茂みの中へ狂うような足取りで逃げ込んだ。その行く手は小屋の裏手の崖だった。断末魔は聞こえなかった。

木こりは、そのからだに血を流しながら、小屋の前に立っていた。その足元には、斧で頭を割られた一頭の野犬が、死んでいる。

ふいにひらめくように、木こりは、思い至った。己を、裁き、赦すものもまたないのかもしれない、と。誰も知らない、誰も見てなどいない。無知を裁くものは、どこにもいない。けれど、己の罪を、己だけは見ていた。すべてを覚えている。すべてを知っている。それゆえに、二度と同じ過ちは繰り返さぬだろう。

ヨハンは、はじめて、自らの身の上を恥じ、嘆いた。

そうして思い知った。自分が本当に歩まなければならない道のりを。

彼は、角灯に新しい油を入れた。


薪買いの少年は、打ちひしがれているように森を下りていく男の姿を呆然と見つめたまま、ある時、小屋で見た光景を思い出していた。

小屋には、木こりはいなかった。粗末な寝台の上は、淡く光を放っていて、その光の真ん中に、薪買いよりも幼い少年が不安げに身を抱えて眠りこけているのだった。

その時、ばさりと、大きく羽ばたく音がした。

それは、夢か幻だったろうか。

天井につくほどのふたつの白い翼が降りたった。
森に、月の光がさしていた。
誰の頭上にも、救いのまなざしは降っている。

十四歳

その日、あたしははじめて朝帰りをした。

和巳のベッドで目覚ましをかけて、ふたり一緒に午前四時に目が覚めたのは奇跡だと思う。和巳のベッドは当たり前だけど一人用で、起き上がった瞬間、あたしは身体のふしぶしが痛かった。ふしぶし、なんてちょっと婆くさい。ぼんやりしていたら、まるで心配するかのように、和巳が言った。

「単車で、送ろうか?」

タンシャ? ああ、和巳の兄貴のってこと? 付き合って四カ月にもなるのに、あたしは、二人もいるという和巳の兄貴のどちらにも、まだ会ったこともなければ、もちろんのこと、和巳が免許もないのに運転できるというその腕前も知らない。やっと、昨夜、あたしたちは、それなりにエッチなキスと、キスのちょっと先とを済ませたばかりだ。本当は、最後までしちゃっても良かった。あたしは和巳のこと本気で好きなんだから、覚悟ができてた。でも初体験って、案外そんなに簡単じゃないんだなって、今になってなんだか当たり前のように思う。でも、きっと焦ることじゃない。だって、あたしたちは、とりあえずまだ十四歳だ。

「……いいや。一人で歩いて帰る」

あたしが言うと、和巳はそんなら送るからと、ワックスもつけてないぼさぼさの頭のまんまで着替えだした。

「いいよ、誰かに見られたら面倒だもん」

あたしがなおも拒否すると、和巳もそっかとすぐに頷いたけれど、それでもなんとなく居心地が悪そうだった。だから、あたしは服を整えるついでに和巳にさりげなくくっついた。

和巳は女子が騒ぐ王道派のイケメンなんかじゃないし、意外と時間にルーズだし、ちょいちょい不良みたいなことしたがるくせに、どこか抜けてて、そんなところも全部ひっくるめてあたしは別に嫌いじゃない。たぶん、あたしのことすごく好きだし、優しいし、それなりに気が利くし。あ、あたし今、のろけた。本当いうと、同級生あたりにならこんなふうに一緒にいるところを見られても構わないとも思うんだ。ありもしない噂が立つのはくやしいし、二人だけの記念ってことでいいんだと思うんだけど、あたしたち以外の何かに向かって、あたしたちの本気さと事実とを証明して、そしてよく分からないんだけど、そのすべてを守ってもらいたいって気持ちになる時がある。やっぱりうまくは言えないけど。結局のところ、誰かを好きになると、今とか永遠とか、そんなことをずっと考えてるんだ。だから、もう少し大人になったら、結婚とかすごく考え始めちゃうのかなとも思う。全然想像もつかないのに、でも誰かを好きな気持ちって終わりがなくてずっと苦しいし全然すっきりしないから、いつももしもの時の話ばっかり思いついてきりがない。それももし和巳とエッチが最後までちゃんとできたら、こんな気持ちも変わってくるのかな。あ、また、もしって考えた。

あたしは、できるだけ静かに、窓を開けた。

和巳の部屋はちょうど隣家に接していて、人目につかない。お古のスニーカーを上手に窓から下に落とす。外はほんのり薄暗かった。朝靄の匂いって、久々に嗅いだような気がする。

「気をつけて、帰れよ」

うん、と振り向いたあたしに和巳は最後にどこに触れるか迷ってるみたいだったから、あたしはちゃんと目をつぶってあげた。スマートだし、こういう時、あたしは女の子で良かったって思うことが多い。和巳は、エッチじゃないキスをした。けど、十分エッチっぽかった。

「じゃあね」

「またな」

どうせ、学校で会うのに、離ればなれになるのが運命みたいな悲劇をほんの一瞬味わって、あたしたちは別れた。

通りには、忘れた頃に車が何台か通り過ぎるだけで、人の気配はなかった。家並みもまだ十分に眠っている。あたしたちの住む町は漁師町で、だから、ほど近い海から風が吹くと少し肌寒く、あたしは和巳に上着くらい借りれば良かったと、つかの間、身勝手に後悔した。すっと、自分の腕を抱く。するとスンと、昨日の記憶が生々しく蘇って、誰も見てないのにあたしは今さらひとりで首まで赤くなった。

「素子」

と、学校ではすかしてても和巳は二人になるとそう呼んでくれる。あたしの名字は笹熊で、女子なのに熊で、熊なのに笹で、ほかの誰かが頼んでもいないのに、笹熊ってアナグマの別名らしいとも教えてくれた。それから、あたしは自分の名字がもっと嫌いになった。名字で呼ばれたくないと、付き合ってから最初に和巳に愚痴ったら、「なんで」と別に他意もなさそうに聞くから、「アナグマの別名だから」って、まるでよその誰かにあてつけるように告白したら、和巳は「可愛いじゃん」とさっぱりと言った。和巳は、嘘とかお世辞とか言うタイプじゃないけど、あたしはその時すごく疑った。

「アナグマって見たことあるの？」

「あるよ」

「嘘だ、あたし見たことないよ」

「ほんと？　俺、あるよ。可愛いって。鼻筋が白くて素子みたいに通ってる」

「タヌキとかアライグマみたいなんでしょ？」

「いや、タヌキとかよりも断然可愛いって。素子、見たことないんだろ？　ハクビシンなんかより可愛いんだって」

あたしは、ハクビシンさえも見たことなくて、結局アナグマの可愛さへの基準も分からなければ、笹熊という名字へのコンプレックスも別に晴れなかった。けど、和巳がこれから二人の時は下の名前で呼ぶということで、その場は解決した。「もとこちゃん」とか「もとちゃん」とか生まれてからかれこれ十四年付き合ってきた下の名前も、和巳に「素子」って改まって呼ばれると、別のものに生まれ変わったように新鮮だ。素子って、少し古めかしくて質素な名前だけど、こっちは名字と違って気にしたことはない。親に黙って外泊しちゃうあたしが言うのもなんだけど、どんなにキラキラネームだとか変わった名前だとかを世間がニュースにしたりしてても、親にもらった名前を心底嫌いになれる子どもっていないと思う。たとえ自分の名前でも、誰かの名前であろうと、親からもらった名前をけなす人間がいたら、その人は子どもでも大人でもきっと、人としての大事な部分が腐っていると思う。だから、「素子」はちょっと昔っぽくてもあたしは気になんかならなかった。けれど、はじめて彼氏ができて、あたしは知ってしまった。和巳に呼ばれる「素子」は特別だ。

　和巳は、いつもキスをする時にわざわざキスしていいなんて聞かない。今からキスしますっていういかにもな雰囲気も作らない。でも、あたしと同じで毎回緊張してるのが分かる。チュッとか、あんなものは漫画の中だけの擬音なんだと思ってたら、本当のキスでも音がするんだ。体温とか、その日の唇のかさつきとか、キスした日はもう一日中そんなことばっか思い出して、自分でもおかしくなる。

数え切れないくらいキスしても（本当は十一回目までは数えてたけど）、でもどうしてだろう、やましいことしているって感覚はなかなかぬぐえなかった。別に、みんなもしてることだし、やましくなんかないはずなのに。あ、今日はキスするかもなんて余裕が芽生えてくると、そのたびに次は舌とかいれちゃうのかなとか、生々しいことばかり考えていたせいかもしれない。

高校生になるまで、あたしのウチでは自分のスマホを持たせてくれないかわりに、漫画は割と自由に読めた。仲のいい友達も大の漫画好きだったし、部活の先輩もグループで漫画の貸し借りをしていた。少女漫画もレディコミもハーレクインロマンスも、主人公たちはみんな、あたしよりずっと経験豊富だった。

自分で言うのも気恥ずかしいけど、恋する女の子の常識とか、手順とか、次に進むまでの正しい期間とか、最低限のエチケットとか、誰か教えて欲しい。漫画の世界が正解なんて、誰も思っちゃいない。けど、こんなことって誰かに教えてもらうことでもないんだから、その時の気分とか流れとか、よく分からない焦りとかもどかしさとか好奇心とか、結局は根も葉もない好きだって気持ちなんかに頼って、従っていくしかないじゃない？

そんなことを堂々めぐりのようにちらちら考えていたらすぐに、帰りの道端でいつもより少し長めのキスを二回もした後で、和巳があたしに打ち明けた。

「あのさ……」

「うん」

あたしは素知らぬ風に頷いたけど、もちろん和巳が次に何を言うのか、分かった。

一瞬の沈黙が、熱くて、心の奥がきゅんとして痛かった。

「もっと、したいんだけど？」

「……うん」

今度こそ、あたしたちはすごく照れた。こんな時だけ、和巳はほんの少し舌っ足らずになる。それでもその時、二人の間に満ち満ちた感覚は不思議とあたしを後押しした。付き合った後のことなんて特に知らなくたって、あ、これでいいんだって。和巳が本当はどんなふうに思ってるかは、分かんなかったけど。それでも、あたしは和巳とじゃなきゃやだなって、この時からはっきり思ってた。それだけは、確かなんだ。

けど同時に、どこかで夕立のあとの小さな水たまりみたいなまるでやましさに似た感情は、やっぱり消えなかった。

　あたしが珍しくうつむいたまんまだったからか、和巳は、おもむろにあたしの手を握った。和巳の体温は、低い。あたしが高いだけかもしんないけど。そのせいでお互いの手を握ると、あたしはいつもあたしが和巳を温めてあげてるって気になる。

　あたしがなかなか反応しないから、和巳はもっとぎゅって手を握った。

「素子？」

　ぐいって、顔をのぞき込むように半歩分気配が近づいて、和巳はあたしの目をまっすぐにとらえた。のろけかもだけど、彼氏が次に何するか分かんなくても、不安がないってすごいことだと思う。けれどいつになく真面目な和巳の顔つきに耐えきれなくなって、あたしはちょっと吹き出しながら、小さくかぶりを振った。

「え？　なんだよ」

　ようやく和巳も表情を緩めて、あたしたちは二人して互いに安堵する姿に安心した。それから和巳は、改めて言った。

「大丈夫？」

あたしは、もちろん頷いた。そうして、その問いかけに含まれるもろもろの心情を、受け止めるように、あたしは和巳の手を握り返したんだ。

ブロロロと呻るように、信号のない交差点で、車が一台通り過ぎていった。それからあたしは、歩道を渡って、低い堤防のある海岸沿いに出た。堤防によじ登ると、朝まだきの潮風がずいぶんとそっけなく吹いてくるもんだから、対抗するようにあたしは少しだけ速足でその上を歩いた。

「大丈夫？」

と、和巳は昨日の夜も向かい合ったベッドの上で、あたしに聞いた。

ほんの数カ月前、和巳と付き合い始めたことを、あたしは誰にも言わなかった。あたしだって、他のクラスメイトの恋愛事情くらい知ってるし、仲のよい子の相談に乗ったりもする。親友の恋が片想いなら全力で応援もする。でも、言わなかった。それはきっとあたしが好きになったのが、和巳だったから。

「人間には誰しも片割れがいるんだよ」

「それって、運命ってやつ？」

付き合い始めてすぐの頃、和巳がふとこぼした言葉に、あたしは考えもなしに正直に即答した。和巳は、はにかんで答えた。

「素子ってさ、可愛いよね」

「えっ！　なんで？　あ、なんか笑ってる！」

あたしが意味も分からずふてくされていると、和巳もふふっと素朴に笑った。そうして、普段はさっぱりとしている目元を少しだけ細めてから、言った。

「運命ってやつも、もちろんあるよ。でも片割れってのは、本当は離れちゃいけないものが切って切り離されて、自分と同じようにこの世のどこかに存在してしまってるものなんだ」

和巳は、こう言いながら自分の人差し指をそれぞれ近づけたり、離したりしていた。

あたしは、いまだロマンチックな思考で、だからそれが運命とか恋人とか赤い糸とかいうんじゃないの、って思ってた。それで和巳の指先を見つめたまんま、単純に聞いた。

「じゃあこの広い世の中で、もしもその片割れに巡り会えたらさ、すごいハッピーじゃない？」

ハッピーってところを、あたしは本当は幸せとか奇跡とか、もっと素直で大げさな言葉で言いたかったんだけど、照れてやめた。和巳は普段よりもかしこまった顔つきをしていた。そして、その横顔はほんの少しだけ大人びて見えた。

「さあ？　どうなんだろ……ねえ、素子。素子は片割れに会ったことがあるの？」

「え！」

あたしは、言葉を失った。だって、そんなこと普通彼女に聞く？

あたしは何も答えられなかった。和巳のいう片割れっていうものの意味が分からない気がしたからだ。そうして、そのことは、あたしをどうしようもなく悲しくさせた。

「え！」

今度は、和巳が頓狂な声を出した。あたしがにわかに泣き出したからだ。

「素子？」

びっくりしておろおろしている和巳を前に、あたしだってこんなつもりじゃないって弁解したかった。けど、どうしてか涙が勝手に溢れてしょうがなかった。片割れって何？　なんであたしにそんなこと言うの？　あたしたちって、彼氏と彼女でしょ？ぐるぐると、よく分からない涙の奥で、ぐるぐると、気持ちが惑った。和巳は困った顔をして、あたしが泣き止むまで待ってた。やがて気分が落ち着いてくると、あたしは開口一番、ぐずぐずの顔のまんまで聞くしかなかった。

「………片割れってなに？」

ぼそって呟いて、うつむいたまま目も見ないあたしに、きっと和巳は目の前で困り果ててるんだろうって思った。これじゃあきっとあたし、ただの我が儘な子だ。それでも沈黙が怖くてちらって気配を窺うと、和巳はあたしがなんで泣いたのか分からなくて心配そうにしてたけど、あたしが泣き止んだのを知ると、後ろ髪をかきながら答えてくれた。

「あー、えっと、そうだなぁ」

和巳の声に安心したあたしは、うんって頷いて、期待するように顔を上げた。和巳は、自分の考えを整理するようにすうっとどこかを見てた。あたしは、どきりとした。和巳の目のずっと奥の奥に、あたしの知るよしもない何かがよぎっていった。

「片割れっていうのはさ」

和巳は、低く続けた。

「ぼくらから切り離されている分だけ、ぼくらを、きっとこの世から守っているんだ。

人の世の人の性のために、分かち難くも二分された存在があるならば、きっとそれはぼくらのような人間に一番近い姿をしているんじゃないかな」

和巳の説明はやっぱり抽象的だったけど、それはあたしが想像しているような甘い話じゃなさそうだった。あたしは、ぼうっと和巳の横顔を見つめたまんま口を開いた。

「……和巳はさ、その片割れに会ったことがあるの？」

「……ああ」

頷いて、和巳の目は、今度こそ翳った。

その瞬間、あたしはどうしようもなく胸が締め付けられるみたいで、和巳の学ランを強く握りしめた。そうしたら和巳は、いつもなら抱きしめてくれるのに、この時ばかりは手を焼いているみたいに微笑んでいるだけで、あたしを無性に不安にさせた。

それから和巳の目の中には、もう何ものもよぎってはいなかった。けれど、あたしはいつまでも、チャイムが鳴って和巳と別れても、ずっといつまでも、ぐるぐると考え続けていた。

ねえ、片割れって何？　もしかしてそれは、そんなにも和巳を悲しくさせるものなの？

あたしにも、片割れっているのかな？

……ねえ、和巳、あたしがいるだけじゃ駄目？

それでたとえば、二つに分かれたものは、いつかちゃんと一つになれるのかな？


「俺、連れ子なんだ」

付き合ってしばらくたった頃に、はじめて足を踏み入れた和巳の部屋は、二人いるという兄からのお下がりで溢れていた。あたしには、大学生の姉貴がひとりいるだけだったから、男の子の部屋に入ったことなんかもちろんなくて、それに少し浮き足立っていたからか、あたしは和巳が言ったことがすぐに飲み込めなかった。

あたしは、こういう時、自分が少し情けなくなる。

けど、和巳は特別気に障ったりした様子もなく、むしろ自分から打ち明けた話を終わりまでしてしまいたいようにも見えた。

適当に座ってと促して、和巳がおもむろに窓を開けると、すぐ近くでバイクか何かがいきりたって走り抜けていった。その荒々しいエンジン音は遠のいても、いつまでも耳についた。

「だからって、今の母さんや兄貴とも別に仲はいいんだぜ」

ふいにこちらを振り返った和巳と目があって、あたしは肯定も否定もないただの相槌を返した。

「兄貴っていくつなの？」

「大学一年と高二……ふたりともでかいよ」

和巳は、机の脇にある写真を示した。そこには、数年前に撮られたらしい家族のポートレートがあった。

和巳は、中学一年の春にあたしたちの学校に転校してきた。そんなに大きな町じゃないから、和巳の両親が再婚同士だなんていう噂はそれからあっという間に広がった。

「あ、そうだ、素子。上の兄貴が単車の免許取った時に、運転の仕方、ちょっと教えてもらったんだ。いつか、後ろ乗せてやるよ」

「……うん」

あたしは頷いたけど、まだ写真の中の和巳ばかり見てた。

家族って、不思議だ。あたしの目には、ついさっき和巳の言ったように、仲のよい家族に見えた。

「素子」

名前を呼ばれたと思ったら、いつの間にか、和巳がすぐ傍にいた。他に気を取られてたあたしは、短く声をあげて驚いた。和巳も驚いたと思ったのに、和巳はあたしの腕を取って、そのままの勢いであたしを押し倒した。その日、あたしはポニーテールで、高い位置で髪を結んだ頭が床に当たって痛かった。痛いって言って、目を開けたら、思わず和巳が本気の顔でこっちを見つめてたから、あたしは息をのむように怖じ気づいた。

部屋の隅でカーテンが揺れている。

和巳は、それからすぐにあたしの上から離れた。けど今度はあたしが、その背を引き留めた。

「ごめんね」

「なんで、素子が謝るの？」

そう言った和巳の口調は、いつになく傷ついて怒っているみたいだった。

和巳が悪かったよってぼそりと呟いても、なんでかあたしの方がかぶりを振って必死だった。いつもは低い和巳の体温が、背中越しに高くなっていくのが分かる。ドドドッて静かに伝わってくる心臓の音が、走り去っていくバイクのエンジン音みたいだった。

あたしは、和巳がもういいよって言って黙り込んでからもバツが悪くて、ずっといつまでもその背を抱きしめていたかった。ごめんねって心の中で、もう一度呟いて、けどあたしはその時はじめて気がついた。今まで和巳と一緒にいる時に感じていたもどかしい感情は、やましさとか後ろめたさなんかとは、きっと違って、それはどれだけ相手を好きでも、その存在の間に通うものをいまだ担えない無力さなんだって。

あたしは、まるで自分が不甲斐なくて心もとなかった。

「和巳？」

けれど振り返った和巳の顔を見て、あたしははっとした。和巳はもう怒ってもすねてもいなかった。

海が一面、靄(もや)にけぶっている。

あたしは堤防の端まで来て、つかの間、立ち止まった。

遠い地平線の彼方が、ゆっくりと日の光を待っている。

反対に、夜の闇は逃げるように波を打って、岸辺へと居場所を求めるように溜まっているようだった。

ひゅっと、一陣の風が、あたしのからだを吹き抜けていった。

束ねた髪が、無尽にはためいた。

そうして、あたしは見た。

いまだまどろむように昏い岸辺にぼんやりと、ふたつの瞳が、こちらを見透かすように並んで浮遊していた。それは、あたしの片割れだった——。


朝帰りをしたその日、結局、あたしは学校に行かなかった。入退院を繰り返していた父方の祖母の容態が急変し、急遽、家族で見舞いに向かうことになったのだ。

あたしには知らされてはいなかったけど、連絡を受けた時点で、両親はある程度覚悟をしていたらしい。それから、その日の午後に祖母は静かに息を引き取って、しめやかにお通夜と葬儀が執り行われることとなった。あたしは、半年ぶりに会う姉貴の隣で、喪服代わりのセーラー服を着て、始終泣いていた。一緒にいる時は喧嘩ばっかだったのに、家を出た姉貴は、こんな時ばかりはまるで別人のようにしっかりしていて、あたしは余計、涙をこらえられなかった。

「素子、ちゃんとお焼香するのよ」

「……うん」

最後のお別れをして、家族だけで集まった時、あたしはひとり泣いてばかりで、全然役には立てなかったって、ぽろって涙を溢した。すると、こんな時だからかいつになくしょげているようなあたしに、姉貴と母親がそれぞれに、悲しみ疲れた顔を見合わせて、こう言った。

「それでいいのよ」って。

あたしは、うんって声もなく頷いて、それから昼前から急に降り出した柔らかい雨が十分に辺りを濡らし切って降り止んでしまう頃には、何もかもが滞りなくきちんと無事に済んでいた。

それから、長いこと車に揺られて家路につくまでに、あたしは夢を見た。

車の振動が遠い波のような、あるいは聞いたばかりのお経の音色のようだった。

あたしは昏(くら)い岸辺に立っていて、岸辺にはやっぱりあたしの片割れが浮いていた。

やがて空の端から、待ち望んだような一筋の光が差し込んでくれば、片割れには新たに腕と髪とが生えた。ふわふわと、暗がりの塵芥を食んで、浮遊するだけであった片割れには、今や重さがあった。

いつか、あたしは教わった。片割れとは、本当は離れちゃいけないものが切って切り離されているものだって。いまだ、茫洋として形の定まらない存在を見つめて、あたしはふいに不安になった。

——人間には誰しも、片割れがいるんだよ。

けど、次に目が覚めた時、あたしはその夢の重さを二度と忘れはしなかった。


学校を休んだのは二日だけだったけど、友達は皆、まるで懐かしさに感激するように迎えてくれた。いっとき、たわいもないことで賑やいで、席につけば、そこからは授業も何もかも、いつも通りに過ぎていった。

部活の練習も普段通りで、三年の先輩が夏に引退してからは、どこの部も少し空気が違かった。あたしは部活の友達とグラウンドから校舎へ続く階段を歩いていた。

「あ、素子」

ぎくってしたのは友達の方で、あたしは遅れて口をつぐんだけど、こちらに駆け寄ってくる和巳はあたしの目を見ても、そんなことに全く気がつかないようだった。

「よかった。大丈夫？　元気？」

うんと、頷くだけのあたしに和巳はようやく、ああと状況を把握した。それから後ろ髪をかいて、けど声をかけた目的のために、やはりこう伝えた。

「放課後、待ってて」

あたしは今度こそ口をつぐんだのに、和巳は気にせず、さっさと自分の部活に戻っていった。ちらって、頬に視線を感じて、あたしは内心、うつむいて照れるしかなかった。


放課後、帰り際に和巳はこう切り出した。生い茂るばかりの並木が、日の傾きかけた頭上で寄せては返すように、揺れていた。

「あれからさ、ずっと考えてたんだけど」

和巳はやっぱり真面目な顔をしてて、あたしは、やっぱり和巳の言いたいことが分かるような気さえした。道路の端で足下の影が、重なっている、けど、ふいにその影はいっときの親しさゆえにぴったりと、身を寄せ合うように重なっているだけのようにも見えた。葉群が遠くで、さざめいている。まるで、重さのない波のように。

和巳はごめんと謝った。それから続いたその言葉の意味を、あたしはあたしの片割れを見るように、もうちゃんと理解できた。

和巳は、笑っていた。あたしも微笑んでいた。

そここの影が、音もなく二人を包んでいた。


それから月日は、毎日毎日流れて、あっという間ということもなく、一年と半年がたった。皆がそろって春から通う高校の、真新しい制服の袖に腕を通す季節には、和巳はもうあたしたちの街にはいなかった。

「素ちゃん、あなた宛てよ」

あたしが春休みに買ってもらったスマートフォンばかりいじっているから、母さんは呆れたように声をかけた。あたしは、母の手の中の白くて無愛想な封筒に、ぴんときて飛びついた。それでもまだ母さんがなんとなく部屋に居残っているのを怒って追い出して、あたしはいそいそと封を開けた。

和巳は卒業すると同時に、再び父親の仕事の関係で次の街へと家族と共に引っ越した。

別れの日に、「手紙を書くよ」と和巳はいつものように目を細めて、さっぱりと言った。あたしは、机に向かって、手紙の返事に約束通りアドレスを書いた。

「母さーん、今日郵便局に連れてって」

「ポストが近くにあるでしょ」

「それじゃ、だめなの」

階段の下から、はいはいと、今度こそ呆れた声が届く。

あたしは、部屋の窓を開けた。街並みのずっと彼方で、今日も誰のものでもないような潮騒が鳴っている。その寄せては返すような時のしるべの偉大さを、あたしはきっと知っている。迷い漂うばかりだったあたしの片割れは、今でもたぶんゆっくりとあたしの中で育っている。


六日後に、和巳からはラインじゃなくて、電話がきた。

それから、あたしたちは、長い長い話をした。

あの頃、あたしたちは、十四歳で、
世界は、いつだって、ちょうど半欠けのように、かげっていた。
そうして、半欠けゆえに、何もかもが互いのごとく輝いていた。
そうして、分かちがたいことの何たるかを知るたびに、あたしはあたしの片割れの目で、世界を見ているような気がするのだ。

「素子？」

と、電話口で呼ばれて、あたしははたと振り返った。

打ち寄せる岸辺には、何よりも親しき影が浮いていた。

著者プロフィール
仲子 真由（なかこ まゆ）
1986年11月22日生まれ。
山口県出身。

■著書
『Lost Children』（2010年）、『パリのこどもたち』（2021年、ともに文芸社）

ぼくはロボット

2023年10月15日　初版第１刷発行

著　者　仲子 真由
発行者　瓜谷 綱延
発行所　株式会社文芸社
〒160-0022　東京都新宿区新宿1－10－1
電話　03-5369-3060（代表）
03-5369-2299（販売）

印刷所　株式会社暁印刷

ISBN978-4-286-24537-9